NO LONGER HEROINE

MOMOKO KÔDA

1

NO LONGER HEROINE
Chapitre 1

SALUT

Que vous me connaissiez déjà ou pas, je vous remercie de tout coeur de tenir dans vos petites mains ma deuxième série, *No Longer Heroine* !
C'est un manga un peu autobiographique, en fait...
Non, je déconne ! Ou pas...
Certains d'entre vous, après avoir découvert les premiers chapitres de la série dans le mag' de prépublication, m'ont dit se sentir proches de l'histoire, et ça, ça me fait vraiment trop plaisir...

*

Et si vous, qui découvrez aujourd'hui cette histoire, vous trouvez ne serait-ce qu'un seul passage où vous vous dites "Je comprends tellement" ou "Ah oui, ça m'est déjà arrivé", je serai juste trop contente !
Je vais continuer de tout donner sur cette nouvelle série, alors je compte sur vous pour suivre passionnément *No Longer Heroine* !

* LE PRÉNOM DE L'AUTEURE, MOMOKO, VEUT DIRE "PETITE PÊCHE".

CETTE FILLE DRAGUE OUVERTEMENT RITA, MAIS ...
POUR LUI, ELLE N'EST QU'UNE VAGUE CONNAISSANCE, UN POT DE FLEURS, EN GROS !
ET ELLE, RIEN QUE DE CROISER LE REGARD DE RITA, ÇA LA REND HEUREUSE.
MAIS C'EST JUSTE UNE FIGU-RANTE.
ET LÀ, C'EST MOI, LA FUTURE HÉROÏNE DE LA LOVE STORY DE RITA. ♡
HATORI !

OUI, NAKAJIMA ?
JE VOUS PRÉSENTE UNE AUTRE FIGURANTE : NAKAJIMA ...
TU PENSES UN TRUC PAS COOL SUR MOI, LÀ, HEIN ?
TIENS, TERASAKA EST LÀ
!
ET IL EST ENCORE AVEC SA COPINE ?
Donc il sèche une nouvelle fois le club de sport !

RITA EST MON AMI D'ENFANCE. IL A PAS MAL LA COTE AUPRÈS DES FILLES ET NE RESTE JAMAIS CÉLIBATAIRE BIEN LONGTEMPS, MAIS ...
QUELLE QUE SOIT SA COPINE DU MOMENT, POUR MOI, ELLE N'EST QU'UN PERSONNAGE SECONDAIRE.
PARCE QUE ... S'IL EXISTAIT UN SHÔJO MANGA DONT RITA SERAIT LE HÉROS ...
J'EN SERAIS L'HÉROÏNE IDÉALE !
BEN OUI, JE VOUS RAPPELLE QUE JE SUIS SON AMIE D'ENFANCE !
EN TANT QUE TELLE, JE SUIS LA FILLE DONT IL EST LE PLUS PROCHE, ET QUI A PASSÉ SA VIE À VEILLER SUR LUI.

EN PLUS, RITA EST DU STYLE, COMMENT DIRE ...
BON COURAGE !
PAS DE SOUCI !
AH, IL ARRIVE !
Je vais le taquiner !
TERASAKA !
SALUT
FAIS PAS TROP DE COCHONNERIES À L'ÉCOLE, HEIN !
OH, T'EN FAIS PAS ...
ON VIENT DE CASSER
QUOI ?!

HEIN ?! MAIS ATTENDS ... QUOI ?!
VOUS ÉTIEZ POURTANT ENSEMBLE DEPUIS PAS LONGTEMPS !
UNE PETITE SEMAINE ...
L'HALLU' ! C'EST DU RAPIDE !
VOUS AVIEZ PAS DU TOUT L'AIR EN TRAIN DE VOUS SÉPARER !
C'EST POSSIBLE DE ROMPRE SI GAIEMENT ?!
ÇA T'REGARDE PAS ! ET SI ELLE ET MOI ON EST O.K., J'VOIS PAS LE PROBLÈME !
EH OUI !
RITA ...
N'A QUE CE GENRE DE RELATIONS.
DONC MÊME QUAND IL A UNE COPINE, JE NE SUIS PAS INQUIÈTE
TERASAKA ! La pause est terminée !!
oh !
ZUT
AH ...
RITA !

MON PETIT RITA, SOLITAIRE ET POURTANT TOUJOURS MAQUÉ ...
SACHE QUE JE SERAI PRÈS DE TOI JUSQU'À LA PROCHAINE CANDIDATE !
SHH
SHBAF
PLAF !
BOUAAAH !
MAIS ÇA FAIT MAL !!
TAN TAN TAN
POURQUOI TANT DE HAINE ?

IL FAIT TOU-JOURS ÇA QUAND IL EST CONTENT !
QUELLE DRÔLE DE MANIE
MOI, HATORI MATSUZAKI ...
ET LUI, RITA TERASAKA ...
BEEEEEH !
ON S'EST CONNUS EN TROISIÈME ANNÉE DE PRIMAIRE.
À L'ÉPOQUE, ON SE CHA-MAILLAIT TOUT LE TEMPS ...
Je sais même plus pourquoi, d'ailleurs
EH OH, RITA !
IL PARAÎT QUE TA MÈRE S'EST CASSÉE ?
MAIS EN CINQUIÈME ANNÉE ...

... LA MÈRE DE RITA ...
EST PARTIE DU JOUR AU LENDEMAIN.
NON, SÉRIEUX ?!
C'EST PAS UNE BLAGUE !
C'EST MA MÈRE QUI ME L'A DIT
'PARAÎT QU'SA MÈRE S'EST BARRÉE AVEC UN HOMME PLUS JEUNE !
OH ...
CLAC
BAAM!
QU... QUOI ?!
J'DIS QU'LA VÉRITÉ, MOI !

KYAAA !!
LA MAÎ-TRESSE ...
APPELEZ LA MAÎ-TRESSE !
ARRÊTE, RITA !
MOI, JE SUIS DE TON CÔTÉ !!

À VRAI DIRE, À CE MOMENT-LÀ ...
Retourne à la forêt ... Tu es fort, tu peux voler ...
...
JE KIFFAIS EN M'IMAGINANT ÊTRE NAUSICAÄ CALMANT UN ÔMUS*, ET POURTANT ...
* RÉFÉRENCE À NAUSICAÄ DE LA VALLÉE DU VENT, MANGA ET FILM D'ANIMATION DE HAYAO MIYAZAKI.
Ômus
!

À CETTE ÉPOQUE ...
JE RÊVAIS DE RENCONTRER MON PRINCE CHARMANT PROTECTEUR.
MAIS CE JOUR-LÀ ...
J'AI CHANGÉ D'AVIS, ET J'AI VOULU PRENDRE SOIN DE RITA.
ET EN GRANDISSANT ...

... J'AI APPRIS QUE CE SENTIMENT ÉTAIT CE QU'ON APPELLE L'AMOUR.
HATORI, C'EST L'OCCASION !
DÉCLARE-LUI TA FLAMME !
MAIS NON, ENFIN ! T'ES IDIOTE OU QUOI, NAKAJIMA ?!
QUOI ?!
C'EST UN SUPER-MAUVAIS TIMING POUR SORTIR AVEC LUI, ON CASSERAIT TOUT DE SUITE !
NE ME CONFONDS PAS AVEC LA HORDE DE PERSOS SECONDAIRES QUI NE CHERCHENT QU'UN BONHEUR ÉPHÉMÈRE !
PAR-DON ?!
EN PLUS, FIGURE-TOI QUE RITA M'A DÉJÀ VUE PRESQUE À POIL ♡
AH BON ?!
QUAND ON M'A ACHETÉ MON PREMIER SOUTIF ...
J'ÉTAIS TELLEMENT FIÈRE QUE JE L'AI MONTRÉ À RITA
Tadaam !
TU NOUS L'AS JUSTE TRAUMATISÉ, OUAIS !

RITA NE CHERCHE AUJOURD'HUI QUE LES PLAISIRS FACILES, DONC IL CHANGE SANS ARRÊT DE NANA, MAIS ...
JE SAIS QU'À LA FIN, IL TROUVERA VRAIMENT L'AMOUR !
HATORI ...
TU ES DEPUIS TOU-JOURS PRÈS DE MOI, MAIS JE NE M'APERÇOIS QU'AUJOURD'HUI DE MON AMOUR BRÛLANT POUR TOI
Oui ils sont nus
Voilà, c'est tout à fait ce genre de scénario !
...
N'EMPÊCHE ...
Y A QUAND MÊME UN RISQUE QUE TERASAKA TOMBE VRAIMENT AMOUREUX DE L'UNE DE SES PRO-CHAINES CONQUÊTES !
ET LÀ, TU TE MORDRAS LES DOIGTS D'AVOIR ATTENDU COMME UNE CRUCHE
IMPOSSIBLE !
C'EST JAMAIS ARRIVÉ, ET JE VOIS PAS POURQUOI ÇA CHANGERAIT ...
SLLAASH

GO GO GOOOO
OUUUPS !
OUH LÀ LÀÀ, EXCUSEEUUH-NOUS, ADACHI !
!
QUE JE SUIS MALADROIIIIT, J'AI GLISSÉ ET TES NOUILLES SONT TOUTES TOMBÉES PAR TERRE !
JE VAIS LES RAMASSER TOUT DE SUITE, MA P'TITE PUPUCE !
OH, MAIS, RHOOO... J'AI PRIS DE LA POUSSIÈRE AVEC !
MOUAHHHA
DÉ-GUEUUU !!
MAIS C'EST ADACHI, DE NOTRE CLASSE !
POURQUOI ILS L'EMBÊTENT ?
BAAAH, DEPUIS QU'ELLE EST ALLÉE CAFTER AU PROF QU'ILS FUMAIENT, ILS LA LÂCHENT PLUS
OUAH, MAIS C'EST DÉBILE !
TIENS, J'AI TOUT RAMASSÉ ! ALLEZ, MANGE !
HYA HA HA HA HA !
ET BON APPÉTIT, BIEN SÛR !

SHLACK !
VOUS ! ÇA SUFFIT !!
BOUFFE !
BOUFFE !
TU NOUS LA REFAIS EN PLUS FORT ?
BOUFFE !
BOU...
VOUS ÊTES VRAIMENT DE GROS NAZES !
!
HEY, TOI !
QU'EST-CE QUE TU VIENS DE DIRE ?!
HEIN ?
PARDON ? QUI, MOI ?
OUI, BON, O.K. ...
Faut assumer, maintenant
J'AI DIT : "VOUS ÊTES VRAIMENT DE GROS, GROS NAZES"
ET DES MÉCHANTS COMME VOUS, ON N'EN DESSINE PLUS DEPUIS LES ANNÉES 80 !

RITAAAA ?!
Toi qui ne parles presque jamais !
HEIN ?!
TU VEUX T'FAIRE BUTER, OU QUOI ?!
PFFFF!
HEY, VOUS !!
QU'EST-CE QUE VOUS FAITES, HEIN ?!
ZHH
VENEZ AVEC MOI !!
ARGH !
ON N'A RIEN FAIT !
!
T'EN VEUX ?
Gros beignet
Tremble
JE FAIS PARTIE DES LOSERS. SI TU ME PARLES ...
ÇA VA NUIRE À TA RÉPUTATION
AH BON ...
ET ?
T'EN VEUX, OU PAS ?

* PERSONNAGE DU *SHÔJO SAWAKO*, DE KARUHO SHIINA : SHÔTA KAZEHAYA, 15 ANS, TRÈS POPULAIRE, AIDE LES REJETÉS DE L'ÉCOLE.
** CLIN D'ŒIL À MUSKA, PERSONNAGE DU FILM *LE CHÂTEAU DANS LE CIEL*, DES STUDIOS GHIBLI.

ENFIN BON ...
QUI QU'ELLE SOIT, ET MÊME SI ELLE TOMBE AMOUREUSE DE RITA ...
ELLE NE SERA JAMAIS LE PERSONNAGE PRINCIPAL !
Stop
OH ?

C'EST ADACHI !
TIENS, TIENS ...
ELLE S'EST INSCRITE DANS LE MÊME CLUB QUE RITA ?
ELLE CACHE BIEN SON JEU, EN FAIT, ELLE MANQUE PAS DE COURAGE !
MAIS BON ...
TADAM
ELLE EST PAS DU TOUT SON GENRE
La pauvre
Peste
Hi hi
KYAA
REGARDE !
TERASAKA VA COURIR !

RITA ...
SEMBLE TOUJOURS DANS LA LUNE, MYSTÉRIEUX, SECRET ...
IL EST AUSSI UN PEU VOLAGE, MAIS ...

COURIR DROIT DEVANT, DE TOUTES SES FORCES ...
C'EST ÇA LE VRAI RITA !
IL A LA CLASSE, NON ?
Cruelle !
OUI, VAS-Y, MATE-LE AUTANT QUE TU VEUX
Ton amour sera sans retour
EH OH ! MADEMOISELLE QUI FOUT RIEN !

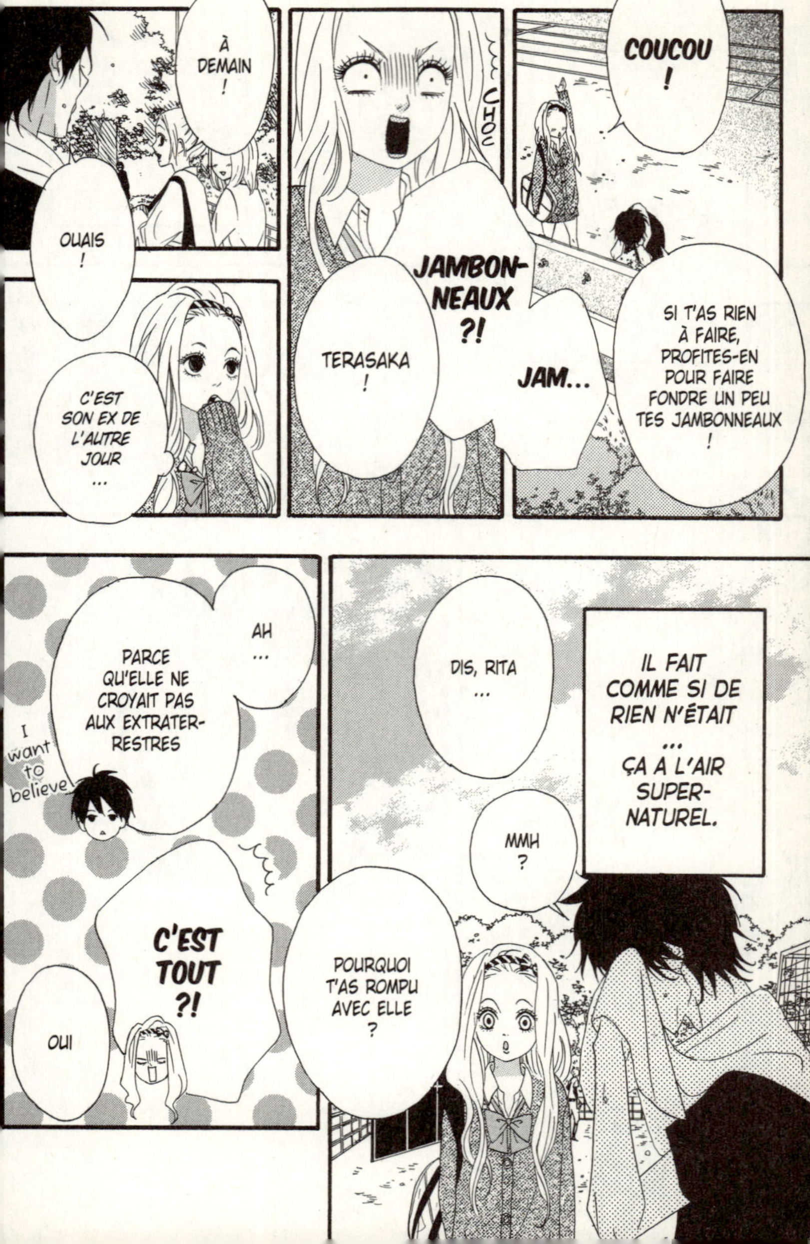
Yo...
COUCOU !
SI T'AS RIEN À FAIRE, PROFITES-EN POUR FAIRE FONDRE UN PEU TES JAMBONNEAUX !
JAM...
CHOU
JAMBONNEAUX ?!
TERASAKA !
À DEMAIN !
OUAIS !
C'EST SON EX DE L'AUTRE JOUR ...
IL FAIT COMME SI DE RIEN N'ÉTAIT ... ÇA A L'AIR SUPER-NATUREL.
DIS, RITA ...
MMH ?
POURQUOI T'AS ROMPU AVEC ELLE ?
AH ...
PARCE QU'ELLE NE CROYAIT PAS AUX EXTRATER-RESTRES
I want to believe
C'EST TOUT ?!
OUI

DANS UN COUPLE, MÊME SI ON N'EST PAS D'ACCORD SUR TOUT ...
LE PLUS IMPORTANT, C'EST DE RESPECTER LES OPINIONS DE CHACUN, NON ?
Enfin bon !
C'EST BIEN ... JOUE LA FILLE IDÉALE !
SE FAIRE COMPRENDRE ...
ET COMPRENDRE L'AUTRE ...
ÇA ME SAOULE ! ET J'Y CAPTE QUE DALLE
DÉSOLÉE, RITA ...
JE SAVAIS QUE TU ALLAIS RÉAGIR COMME ÇA.
RITA ...
EN RÉALITÉ, TU AS PEUR DE VRAIMENT TOMBER AMOUREUX ...
TU NE SUPPORTERAIS PAS D'ÊTRE ABANDONNÉ UNE NOUVELLE FOIS, N'EST-CE PAS ?

C'EST POUR ÇA QUE ...
TU ESSAIES DE NE PAS T'ATTACHER.
DOUA-AAAAH !!
!
FROUSH
FROUSH
MAIS ...
ARRÊTE !
RITA, SACHE QUE ...
QUOI QUE TU DISES OU FASSES, MOI, J'TE CONNAIS PAR CŒUR !
ET JE SERAI TOUJOURS LÀ POUR TOI, O.K. ?!

QU'EST-CE QUI T'ARRIVE DE M'SORTIR ÇA D'UN COUP ?
MAIS BON, COMPRIS ...
MOI AUSSI, JE VEILLERAI À CE QUE TU CRÈVES PAS TOUTE SEULE DANS TON COIN ...
SBAF !
HEIN !
AH !
TU LE SAIS, QUE PERSONNE D'AUTRE ...
NE TE COMPREND MIEUX QUE MOI ?
C'EST RARE DE LE VOIR SOURIRE COMME ÇA !
DIS, RITA ...

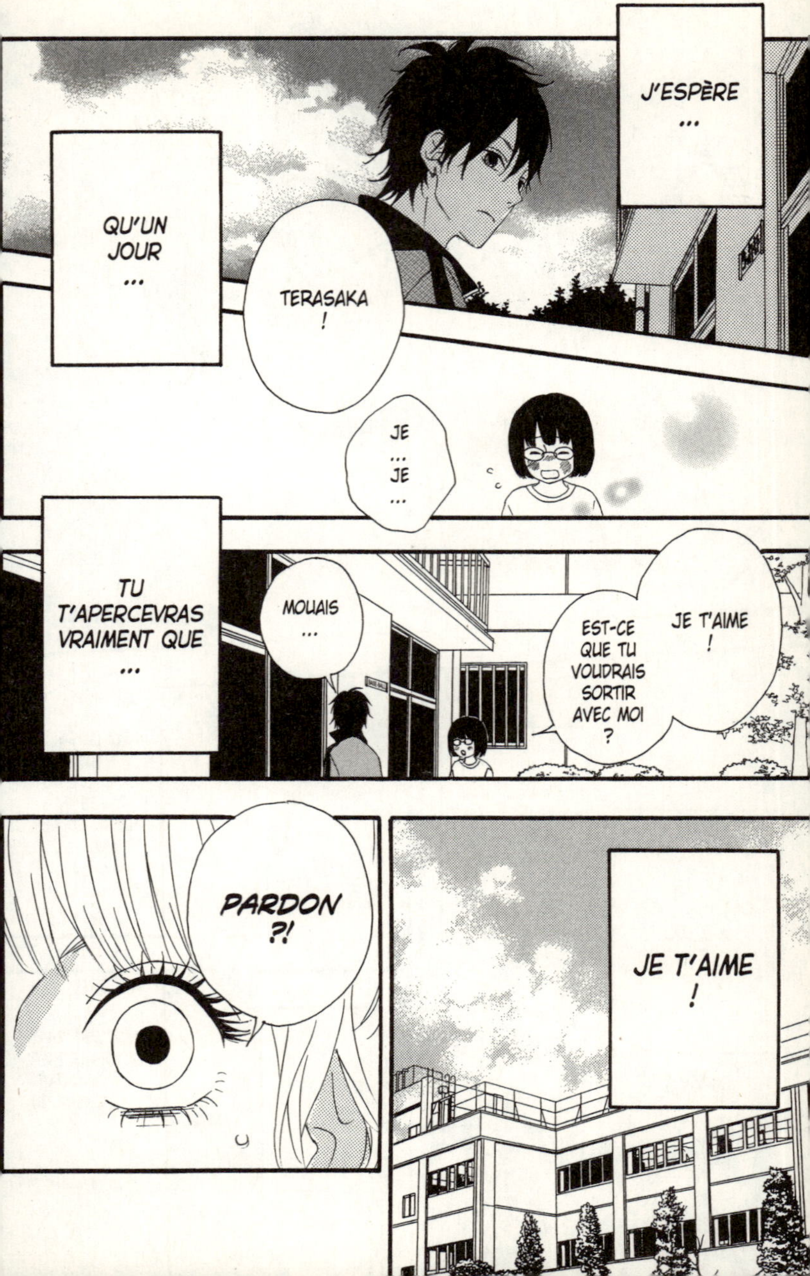
J'ESPÈRE ...
TERASAKA !
QU'UN JOUR ...
JE ... JE ...
JE T'AIME !
EST-CE QUE TU VOUDRAIS SORTIR AVEC MOI ?
MOUAIS ...
TU T'APERCEVRAS VRAIMENT QUE ...
JE T'AIME !
PARDON ?!

HEIN ?
OUI, BAH, C'EST PAS COMPLIQUÉ ...
JE SORS AVEC ADACHI
SÉRIEUX ?!
MAIS TU BOUFFES À TOUS LES RÂTELIERS !
C'EST PAS TON GENRE DE NANA, SI ?
BEN ...
CH'AIS PAS, ELLE A L'AIR D'ÊTRE UNE CHOUETTE FILLE ...
C'est pas gentil pour Adachi !
SI TU LE DIS ...
QUEL CHOC !
MOI QUI CROYAIS QU'ADACHI N'AVAIT AUCUNE CHANCE !
MAIS LE PIRE, C'EST QU'HIER, ON S'OUVRE NOS CŒURS, ET QUELQUES HEURES APRÈS TU SORS AVEC UNE AUTRE ?!
JE ME SENS BIEN NAZE, MOI ...
Ça, c'est ce qu'elle croit ...
ENFIN ...

ALLEZ, C'EST PAS SI GRAVE ...
IL Y A UN PERSONNAGE SECONDAIRE DE PLUS, C'EST TOUT !
ADACHI !
'PARAÎT QUE TU SORS AVEC RITA ?
MERCI POUR LUI ♡
En mode "grande soeur"
POURQUOI TU ME REMERCIES ?
AHEM ... BONNE QUESTION !
ET PUIS TU PARLES UN PEU FORT
Ah
OUPS ... Désolée
Tu connais Terasaka depuis le primaire, non ?
Hein ? Ben, si tu veux !
J'ai plein de trucs à te demander !
Ce qu'elle imaginait
POUF
...
...

ELLE M'ÉNERVE …
ELLE ME DONNE ENVIE …
DE LUI DIRE DES CHOSES PAS COOL …
Mode "belle-mère"
TU SAIS …
RITA N'EST PAS DU GENRE À S'INVESTIR DANS UNE RELATION SUR LE LONG TERME, DONC PRENDS PAS TOUT ÇA TROP AU SÉRIEUX …
I did it !
ET BIM ! KESS TU DIS DE ÇA ?!
!!
TOUCHÉE
OH …
MAIS ALLEZ ! RÉAGIS !
Sinon, tu vas me faire pitié !
MAIS BON … PEUT-ÊTRE QUE TU VAS ÊTRE LA PREMIÈRE AVEC QUI ÇA TIENT, QUI SAIT ?
BON COURAGE !
MAIS JE DÉLIRE COMPLET, LÀ ?!
Je l'encourage ?! Ch'uis débile !

MAIS J'AI L'IMPRESSION …
QUE TERASAKA …
MET UNE BARRIÈRE POUR SE PROTÉGER DES GENS
TIENS ?
TU L'OBSERVES BIEN, EN FAIT !
OUI …
JE CROIS COMPRENDRE …
CE QUE TU VEUX DIRE
MOI …
HÉ HÉ
JE NE SUIS PAS AUSSI JOLIE QUE TOI, MAIS …
HEIN ? TU SERAIS UNE FILLE BIEN, FINALEMENT ?
JE NE VEUX PAS QUE CETTE RELATION SE TERMINE …
AUSSI RAPIDEMENT QU'AVEC LES AUTRES FILLES

J'AI ENVIE DE LE COMPRENDRE …
ET SI UN JOUR IL EN A MARRE DE MOI, ÇA NE ME DÉRANGERA PAS QU'IL AILLE VOIR AILLEURS
MAIS AU FINAL …
JE SERAIS RAVIE QU'IL CHOISISSE DE PASSER SA VIE AVEC MOI, VOILÀ !
Hé hé hé
CE...
CETTE NANA ?!
c'est pas l'héroïne !!

BAM
TU VEUX ME PIQUER MA PLACE, C'EST ÇA ?!
HI HI …
HA HA HA HA HA HA …
T'AS DU CRAN, MA P'TITE !
L'hallu'
MAIS OUVRE LES YEUX, ADACHI : TU EN ES INCAPABLE !
TU N'ES QU'UNE VULGAIRE BINOCLARDE, UN PERSONNAGE SECONDAIRE INSIGNIFIANT !
ET TU OSES FAIRE TA "MADAME JE-SAIS-TOUT" ALORS QUE TU SORS AVEC LUI DEPUIS À PEINE CINQ MINUTES ?!
CONTENTE-TOI DE JOUER TON RÔLE !

* MON VOISIN TOTORO, FILM D'ANIMATION DU STUDIO GHIBLI.

HA HA ! une stalker ?!
HEIN ?
RITA ?
QUAND TU RIS COMME ÇA, C'EST QUE ...
HATORI !
ON RENTRE ENSEMBLE ?
!

* PENDANT LES EXAMENS, LES CLUBS SONT FERMÉS POUR PERMETTRE AUX ÉLÈVES DE RÉVISER.

EH ! VOUS !
HATORI !
OUI!!!!! ?
Gloups
C'EST RIEN, LAISSE TOMBER ...
MAIS !!
T'INQUIÈTE, JE VAIS RENTRER AVEC MES CHAUSSURES D'INTÉRIEUR
DÉSOLÉE ...
HEIN ?
J'AIMERAIS TELLEMENT POUVOIR TABASSER CEUX QUI OSENT TE FAIRE CE GENRE DE TRUCS ...

J'AI ENVIE DE LES BUTER !!
BEN NAN, ON PEUT PAS TUER LES GENS
MAIS ARRÊTE DE PLEURER ...
JE PLEURE PAS ! JE SUIS RÉVOLTÉE ET FRUSTRÉE !!
POF
!
HATORI, TU ES TOUJOURS LA MÊME ...
MERCI !
DEPUIS QU'ON EST PETITS, TU AS TOUJOURS ÉTÉ MA FIDÈLE ALLIÉE ...
MAIS C'EST NORMAL !

SI JE SUIS TA PLUS FIDÈLE ALLIÉE ...
C'EST PARCE QUE JE T'AIME ET TE CHÉRIS PLUS QUE QUICONQUE.
ET SANS AUCUN DOUTE, BIEN PLUS QU'ADACHI !

BONG
!!
ESPÈCE DE ...
A... ALLEZ-Y, FRAPPEZ-MOI !!
ET JE HURLE QUE VOUS AVEZ ESSAYÉ DE ME VIOLER !!

SI VOUS RECOMMENCEZ À ENNUYER TERASAKA ...
JE NE VOUS LE PARDONNERAI PAS !!
O.K. ...
ON S'CASSE !
ADACHI ...
J... J'AI EU PEUR !
T'ES FOLLE, OU QUOI ?!
QU'EST-CE QUI T'A PRIS ?!
JE N'AI PAS SUPPORTÉ QU'ON TE FASSE UNE CHOSE PAREILLE, ET ...
MON CORPS A RÉAGI TOUT SEUL ...
Hé hé
...
JE N'AIME PAS ...
CE GENRE DE RÉACTIONS

DÉSOLÉE ...
C'ÉTAIT PLUS FORT QUE MOI !
HEIN ?

MAIS, RITA ...
TU NE VAS QUAND MÊME PAS TOMBER AMOUREUX D'UN PERSO SECONDAIRE ...
RI... RITA ?
T'ALLAIS RENTRER AVEC MOI, NON ?
JUSTE PARCE QU'IL FAIT UNE SUPER ENTRÉE EN SCÈNE EN PRÉTENDANT TE CONNAÎTRE PAR CŒUR ?
ON Y VA ?
HATORI ...
DÉSOLÉ ...
MAIS JE VAIS RENTRER AVEC ADACHI, AUJOURD'HUI

ADACHI EST UN PERSO SECONDAIRE ...
JE VOIS ...
O.K. ...
ALORS QUE CHERCHE-T-ELLE VRAIMENT À FAIRE ?
HEIN ?
MAIS ...
FRANCHEMENT, LÀ, TOUT DE SUITE ...
C'EST PAS PLUTÔT ELLE QUI MÉRITE LE PREMIER RÔLE ?

JE N'ARRIVE MÊME PLUS À ME SOUVENIR ...
POURQUOI C'ÉTAIT MOI QUI ÉTAIS CENSÉE ÊTRE L'HÉROÏNE ...
JE SUIS RESTÉE FIGÉE COMME UNE POUPÉE ...
JE NE LUI AI MÊME PAS VRAIMENT AVOUÉ MES SENTIMENTS.
FINALEMENT, C'EST PEUT-ÊTRE MOI ... LA FIGURANTE ?

Chapitre 2

SANS DÉCONNER ?!
J'AI TOUJOURS, TOUJOURS ÉTÉ CELLE DONT IL EST LE PLUS PROCHE !
C'EST UNE MAUVAISE BLAGUE ?!
PERSONNE NE LE CONNAÎT AUSSI BIEN QUE MOI !
ALORS POURQUOI NE SUIS-JE PAS SON HÉROÏNE ?

TU TE FOUS DE MOI ?!
SÉRIEUX ?! TU ME FAIS BOUGER POUR ÇA ?
C'EST ÇA LE TRUC MÉGA-IMPORTANT DONT TU VOULAIS ME PARLER ?!
J'suis venue parce que tu m'as dit vouloir réviser l'exam ! J'me casse...
MAIS... Attends !
JE T'EN PRIE, DIS-MOI QUE C'EST UNE BLAGUE ! DIS-MOI QUE JE NE SUIS PAS QU'UN PERSO SECONDAIRE !
S'il te plaîîît !
TAC CLAC
O.K. ... ÉCOUTE BIEN...
ADACHI A PASSÉ LE CASTING POUR LE FILM *RITA JE T'AIME*, ET ELLE A EU LE RÔLE HAUT LA MAIN GRÂCE À UNE SUPER IMPRO SUR LE THÈME "DÉCLARATION D'AMOUR"
ET MOI ?!

TOI, ON T'A MÊME PAS FAIT PASSER LE CASTING, ET TU TE LA JOUES HÉROÏNE
T'ES QU'UN MEMBRE D'UN PAUVRE CLUB DE THÉÂTRE PROVINCIAL
T'ES PIRE QU'UNE FIGURANTE !
MAIS ...
C'EST IMPOSSIBLE ...
JE T'AVAIS BIEN DIT DE LUI DÉCLARER TES SENTIMENTS !
ET QUE T'ALLAIS REGRETTER À MORT QUAND IL AURAIT UNE VRAIE COPINE
ÇA SUFFIT !!
PERSONNE NE SAIT SI LEUR HISTOIRE PEUT MARCHER, PAS VRAI ?!
Ça sent le pâté !
TACLAC
Mmh
JE PEUX LUI AVOUER MES SENTIMENTS QUAND JE VEUX !
LÀ, C'EST JUSTE QUE C'EST PAS LE MOMENT, C'EST TOUT !!
OUAIS, BEN QUOI QUE T'EN DISES, MA COCOTTE, C'EST ADACHI L'HÉROÏNE ... POINT FINAL !
FRANCHEMENT ...
JE TE CONSEILLE D'ALLER FAIRE TA STAR DANS UNE AUTRE HISTOIRE D'AMOUR ...
TU ME GAVES, AVEC TON BLABLACACA !!

Blablacaca ?
MAIS C'EST BIEN SÛR !
SI, COMME TU DIS, ADACHI A PRIS LA PLACE DE L'HÉROÏNE ...
TOUS LES MOYENS SONT BONS ...
POUR REPRENDRE LE RÔLE QUI M'EST DÛ !
EUUUH ... T'AS JAMAIS EU NI LE RÔLE NI RITA ...
Mais bref ... Vu comment t'es bornée, je parle à un mur, là ...
TRÈS BIEN !
ADACHI ... JE VAIS TE MONTRER DE QUOI JE SUIS CAPABLE !

ET APRÈS ÇA, ON VERRA QUI SERA DIGNE D'ÊTRE L'HÉROÏNE !!
KYAAH ! C'EST QUOI, ÇA ?!
TROOOP MIIII-GNOOON ♡
GRAVE !! RITA ÉTAIT TROP CHOU QUAND IL ÉTAIT PETIT !
J'AI RETROUVÉ PLEIN DE VIEUX ALBUMS, HIER, EN FAISANT UN PEU DE RANGEMENT
FAITES-VOUS PLAIZ' ! REGARDEZ-LES AUTANT QUE VOUS VOULEZ ♡
ATTENDS ! JE PEUX PRENDRE UNE PHOTO AVEC MON TEL ?
TERA-SAKAAA ♡
ADACHI !
MOI AUSSI !
REGARDE CE QUE J'AI RAMENÉ POUR TOI !
VAS-Y ! JETTE UN P'TIT COUP D'ŒIL !
ALLEZ, OUVRE BIEN TES MIRETTES !

ET RENDS-TOI COMPTE DU LIEN QUI NOUS UNIT, RITA ET MOI !!
Ouah !
VOUS ÊTES TROP MIGNONS, TOUS LES DEUX !
VOUS VOUS CONNAISSEZ DEPUIS TOUT PETITS !
C'EST GÉNIAL !
HEIN ?
C'EST QUOI, ENCORE, CETTE RÉACTION ?
AMIS D'ENFANCE ... C'EST TROP COOL !
EN PLUS, DANS LES *SHÔJO*, ILS FINISSENT TOUJOURS ENSEMBLE !
Toujours, toujours !
ET TROP AMOUREUX !
MERCI, LES FILLES !
ET TOI, QU'EST-CE QUI TE FAIT SOURIRE ?
ÇA TE FAIT NI CHAUD NI FROID, EN FAIT ?
...
Yo
QU'EST-CE QUI S'PASSE, ICI ?
PAUVRE TERASAKA, LÂCHÉ DANS L'ARÈNE ...
Victime de son succès

HEIN ?
MERDE ! PLAN D'URGENCE ! J'AI PAS LE CHOIX, LÀ ...
HUILE DE FOIE DE MORUE
100 % FORME
AH OUAIS, ET PUIS ...
RITA M'A DÉJÀ VUE EN SOUTIF !
QUOIIIII ?! C'EST PAS VRAI !
Chuis trop verte !!
!!
zut ...
TIENS ...
SA... SALUT ...
TOI ...
JE PEUX TE VOIR EN PRIVÉ, LÀ TOUT DE SUITE ?
Aaah
HATORI ... COMMENT JE T'ENVIE D'ÊTRE L'AMIE D'ENFANCE DE TERASAKA !
À 2000 % !
Oui, j'avoue ... Le coup du soutif, c'était moi, et moi seule
Tout à fait
hop
hop
J'étais juste une grosse perverse
Tout à fait

SÉRIEUX, ILS FERAIENT UN TROP BEAU COUPLE !
Honnêtement
OUAIS, ET PUIS ... VU AVEC QUI IL SORT, Y A PAS DE MAL À RELEVER LE NIVEAU !
HA HA HA !
Mais trop !
EN FAIT, J'AURAIS DÛ Y ALLER FRANCO !
PARCE QUE FRANCHEMENT, S'IL SE TAPE CE BOUDIN ... POURQUOI PAS MOI, HEIN ?
Kya ha ha, elle t'entend !
C'EST QUE LE DÉBUT, ADACHI !
Dadakyu
MON IMPRO "SÉDUCTION" ...
TE SERA FATALE !!
DÉSOLÉE DE VOUS AVOIR FAIT ATTENDRE !
T'AS PAS L'AIR FRANCHEMENT "DÉSOLÉE" ...
POURQUOI ON DOIT RÉVISER AVEC TOI ?
ET EN PLUS, POURQUOI CHEZ MOI ?!
MAIS C'EST TOUT SIMPLE : ADACHI EST BRILLANTE ...
Et ta maison est grande, Rita, voilà !
PARFAIT ...

REGARDE, MA PETITE ADACHI !
ON EST ARRIVÉS !
CHEZ RITA, C'EST ICI !
JE T'EN PRIE, ADACHI, ENTRE !
ATTENDS, JE TE SORS DES PANTOUFLES !
LA SALLE DE BAINS EST AU BOUT DU COULOIR À GAUCHE
EUUH...
ET TU AS DES TOILETTES AU REZ-DE-CHAUSSÉE ET À L'ÉTAGE !
C'EST CHEZ MOI, ICI...
ET... SI TU LES CHERCHES... LES CALEÇONS DE RITA SONT DANS LE DEUXIÈME TIROIR DU BAS, ET PUIS...
EH OH !
TU VOIS, C'EST MA SECONDE MAISON, ICI !
Elle veut prouver à Adachi qu'elle connaît même les recoins les plus secrets de la maison de Rita...

ET J'Y VIENS TRÈÈÈS SOUVENT, TU COMPRENDS ?
C'EST OUF, JE ME SENS TOUJOURS TROP BIEN CHEZ TOI, RITA !
POURQUOI T'AS PRIS MA VESTE SANS ME DEMANDER ?
ATCHOUM !
BEN, J'AI FROID !
Et puis ... Je fais toujours ça, non ?
Ah
T'AS FROID AUSSI ?
TU VEUX MA VESTE ?
?!
TIENS
MAIS ... TERASAKA, TU VAS AVOIR FROID !
NON, ÇA VA, T'EN FAIS PAS

MERCI
ALLEE-EEZ !!
ET SI ON COMMENÇAIT ?!
CLAAAC
JE COMPTE SUR TOI, PROFESSEUR ADACHI !
TACLAC
Mais qu'est-ce que t'as ?!
BON ... VOUS VOULEZ BOIRE QUELQUE CHOSE ?
JE ...
BOUGEZ PAS ! JE M'EN OCCUPE !
NON, LAISSE ... ÇA SERT À RIEN QUE T'Y AILLES, ADACHI ...
TU SAIS MÊME PAS OÙ SONT RANGÉS LES TRUCS. J'Y VAIS ...
Jesuisparfaitejeconnaistout

* TRIO COMIQUE JAPONAIS TRÈS POPULAIR

?!
MAIS ...
OH ...
T'ES MIGNONNE ...
MAIS NON, QU'EST-CE QUE TU RACONTES ?
SI, SI
Plus que j'le pensais
(J'y crois pas)

TU VEUX PAS METTRE DES LENTILLES ?
Oulaa...
HEIN ?!
TU ... TU CROIS ?
MAIS C'EST QUOI, CE BORDEL ?
LES DIEUX SONT DE SON CÔTÉ, OU QUOI ?
ADACHI, TU ES ...
Ça me va ?
Ah oui ! Vraiment !
À MA FOUTUE PLACE !!
ADACHI !
JE TE DÉTESTE !!

!!
ET LÀ, CLAC, ELLE MET DES LENTILLES DIRECT ?!
Flippante !
EN PLUS, C'EST VRAI QU'ELLE EST ...
VRAIMENT MIGNONNE, COMME ÇA

HEY, ADACHI !
TU PEUX ME FILER UN COUP DE MAIN SUR LES RÉVISIONS ?
ARGH !
Y A PAS BON, LÀ !
IL FAUT À TOUT PRIX QU'ELLE REDEVIENNE UGLY BETTY !!
BIEN SÛR, DIS-MOI CE QUE TU NE COMPRENDS PAS
HEIN ?!
BAH ... JE NE COMPRENDS RIEN, MAIS ALORS RIEN DE RIEN !!
MAIS AVANT TOUT ... ÉCOUTE !
Je suis une garce
FRAN-CHEMENT ...
LES LUNETTES TE VONT MILLE FOIS MIEUX QUE LES LENTILLES !
bzi
ET PUIS, TU SAIS CE QU'ON DIT ... FEMME À LUNETTES ...
LES FEMMES À LUNETTES, ÇA FAIT FANTASMER TOUS LES MECS !
DÈS QU'ILS VOIENT LA PUB "OPTIQUE 3000", ILS SONT TOUT EXCITÉS, J'TE JURE !
♫ Optique 3000 ♪
Bobard style
AH BON ?
JE NE SAVAIS PAS DU TOUT !
ÇA Y EST ! ELLE MORD !

MAIS TU SAIS ...
J'ÉTAIS TELLEMENT CONTENTE QUE TERASAKA ME TROUVE MIGNONNE HIER QUE JE VAIS RESTER COMME ÇA !
JE VOIS !
Ha ha ha
T'AS RAISON; DANS CE CAS, GARDE TES LENTILLES !
EN TOUT CAS, MERCI BEAUCOUP POUR TON GENTIL CONSEIL
MAIS DE RIEN !
FUUCK !
C'ÉTAIT SYMPA, HIER !
N'EST-CE PAS ?
(Sans toi, ç'aurait été parfait !)
ÇA M'A SURPRISE DE VOIR QUE TERASAKA VIT DANS UNE SI GRANDE MAISON
ET JE ME DEMANDAIS ...
EST-CE QU'IL RESTE SOUVENT TOUT SEUL ?

OUI, LE PÈRE DE RITA EST SUPER-*BUSY*
Il est tout le temps absent
ET IL N'A NI FRÈRE NI SŒUR ...
Trop craquant ♡
Il dort ?
ZZZ
JE VOIS ...
DANS CETTE IMMENSE MAISON ...
IL DOIT SE SENTIR BIEN SEUL ...
CE SERAIT BIEN QUE QUELQU'UN SOIT AVEC LUI ...
AU MOINS PENDANT LES REPAS ...
...
MOI AUSSI ...
J'Y PENSAIS DEPUIS LONGTEMPS !!

TOILETTES FEMMES
RAAAH !
ELLE M'ÉNERVE, CETTE NANA !
!
ELLE SE PREND POUR QUI, AVEC SES LENTILLES ?!
ÇA CHANGE RIEN, ELLE EST TOUJOURS TROP LAIDE !
Ha ha ha
J'SUIS D'ACCORD !
ELLES PARLENT D'ADACHI ?
MAIS ELLE CAPTE PAS, OU QUOI ? C'EST CLAIR QU'ELLE EST PAS FAITE POUR TERASAKA !
SHRRRRR
Ha ha hà
ALLEZ-Y, CONTINUEZ, LES FILLES !
Ça fait du bien !
T'EN PENSES QUOI, TOI, HATORI ?
HEIN ?!
T'ES PAS D'ACCORD AVEC NOUS ?
BEN, EN FAIT ...
ELLE EST PLUTÔT GENTILLE, ADACHI ...
Hy-po-cri-te
SANS DÉC' ?
C'EST TOI QUI ES GENTILLE, LÀ !
Bouah ha ha ha
NON, EN FAIT ... JE LE PENSE PAS VRAI-MENT !!

J'T'AVOUE QUE J'ÉTAIS SUR TERASAKA, EN FAIT ... DONC ÇA ME FOUT LES BOULES !
AH OUI ? VRAIMENT ?
MAIS FRANCHEMENT, ÇA M'AURAIT PAS DU TOUT DÉRANGÉE S'IL S'ÉTAIT MIS AVEC TOI
HEIN ?! POURQUOI ?
MAIS ... PARCE QUE VOUS ÊTES FAITS L'UN POUR L'AUTRE !
!
OUAIS, Y A COMME UN LIEN SOLIDE ET INCASSABLE ENTRE VOUS ...
AH BEN VOILÀÀÀÀ !!
AH BOOON ? MAIS ...
TU SAIS, RITA ET MOI ON EST JUSTE AMIS D'ENFANCE
NON, MAIS J'TE JURE ! VOUS ÊTES FAITS POUR ÊTRE ENSEMBLE ... C'EST CLAIR !!
MAIIIS NOOON, TU TE TROMPES !
SAUF QUE L'AUTRE PETITE TRUIE EST TROP CONNE POUR S'EN RENDRE COMPTE !
ROLÀLÀ ... LES FILLES !!
MAIS VOUS AVEZ PAS TORT ... ELLE CACHE BIEN SON JEU, LA RENARDE !
C'EST UN VRAI POISON, CETTE MEUF, SOUS SON SOURIRE DE GEEKETTE !
AH, BEN JE VOIS QU'ON EST SUR LA MÊME LONGUEUR D'ONDES, HATORI !

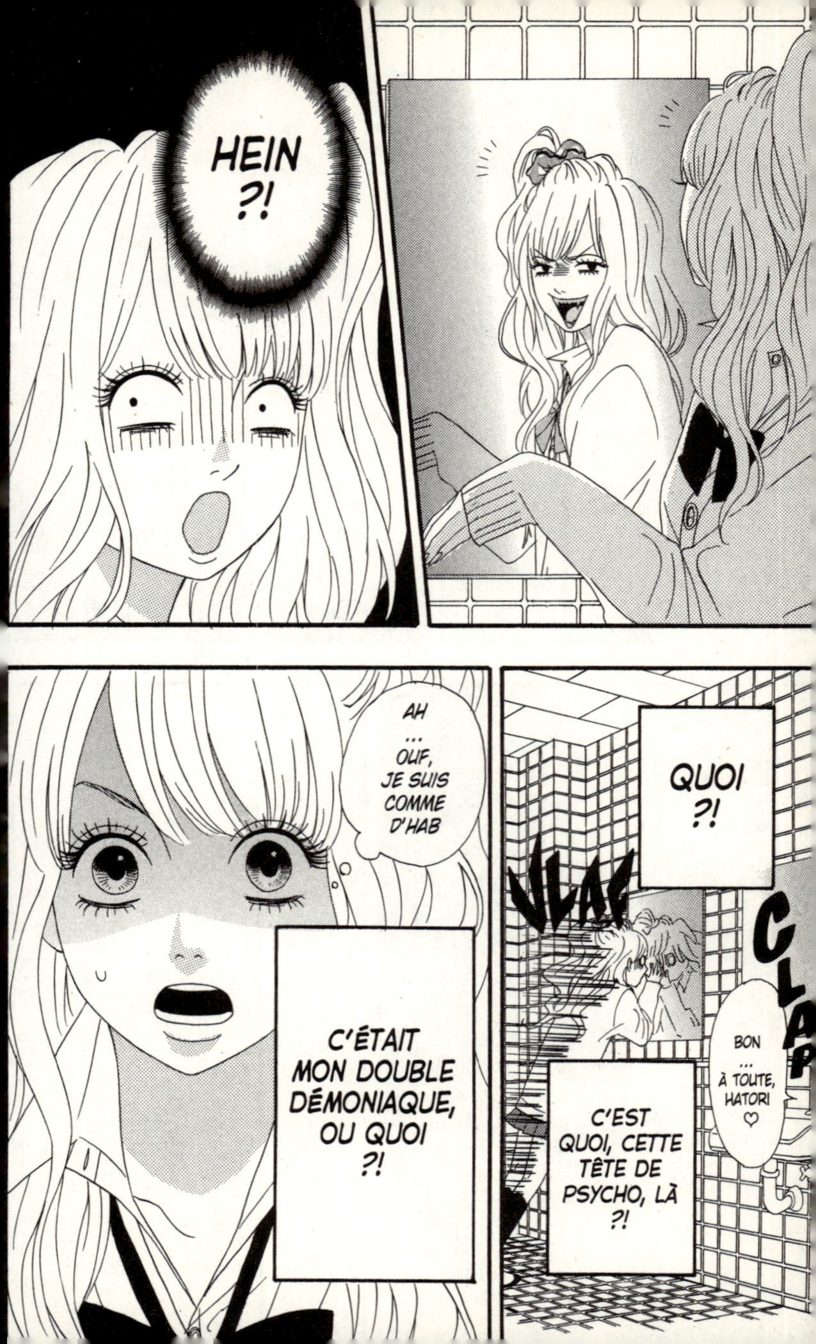
HEIN ?!
AH ... OUF, JE SUIS COMME D'HAB
C'ÉTAIT MON DOUBLE DÉMONIAQUE, OU QUOI ?!
QUOI ?!
CLAP
BON ... À TOUTE, HATORI ♡
VLAC
C'EST QUOI, CETTE TÊTE DE PSYCHO, LÀ ?!

OUAAH !
HEIN ?! DEPUIS QUAND ELLE EST LÀ, ELLE ?!
ÇA CRAINT TROP !
ELLE A TOUT ENTENDU ?!
ET SI ELLE RACONTE TOUT À RITA ?!
JE ...
PARDON, HATORI !

DE QUOI T'ES DÉSOLÉE ?
JE N'AVAIS PAS L'INTENTION DE VOUS ESPIONNER ...
Mais ...
ATTENDS ...
Temps mort !
QUOI ?!
J'ENTENDAIS PLUS RIEN, ALORS J'AI PENSÉ QUE VOUS ÉTIEZ TOUTES PARTIES ...
AH ...
C'EST VRAI, C'EST BIZARRE !
HA HA HA HA !

JE VEUX ... ME TÉLÉ-PORTER
Tout de suite !
AH ... BON, BEN ...
SHOUUUUR
MATSUZAKI ...
OUIIIII ?
EUH, CE QUI VIENT DE SE PAS-SER ...
NE T'EN FAIS PAS
QU... QU'EST-CE QUE TU VEUX DIRE ?!
DÉSOLÉE SI JE ME TROMPE ...
MAIS ...
TU ES AMOUREUSE DE TERASAKA, N'EST-CE PAS ?
HEIN ?!
MOI ?! EUH, BEN ...
T'INQUIÈTE PAS POUR MOI
JE M'IN-QUIÈTE PAS POUR TOI !!
DE TON POINT DE VUE ...
JE NE SUIS QU'UNE SALE VOLEUSE

!
ÇA FAIT SI LONGTEMPS QUE TU LE CONNAIS ...
SI J'ÉTAIS À TA PLACE, JE PENSE QUE JE SERAIS ENCORE PLUS MÉCHANTE !
DÉSOLÉE ...
MAIS SACHE QUE JE N'AI PAS L'INTENTION DE ME L'APPROPRIER
JE VEUX QUE TOUT RESTE COMME AVANT
ET SI UN JOUR ...
TERASAKA TOMBE AMOU-REUX DE TOI ...
JE NE VOUS EN VOUDRAI PAS

(1)

Salut !
L'autre jour, ma cousine m'a dit : "Si tu restes enfermée chez toi comme ça, tu ne rencontreras **jamais** l'âme sœur !"
Je ne le lui ai pas montré, mais ça m'a un peu blessée.
Et je pense que je vais lui en vouloir au moins six mois... Mais je dois reconnaître qu'elle n'a pas tort. Je ne fais pas franchement d'efforts et je ne sors quasiment pas de chez moi !
De temps en temps je participe à un *gô-kon** ou autre, mais **ça me gave**, ces trucs !
C'est pas que je sois particulièrement timide, mais franchement, je préfère boire un verre avec mes potes plutôt que de tenir le bavoir à des inconnus, pas vous ? Autant de bonnes raisons d'entretenir mon propre record de "vie amoureuse inexistante".
Vous, les filles toujours mignonnes et sociables, vous êtes des déesses pour moi ! Je vous respecte et vous envie, mais ne pourrai jamais être comme vous... c'est clair !

* RENCONTRES ENTRE CÉLIBATAIRES ORGANISÉES PAR L'UN DES PARTICIPANTS, SE DÉROULANT DANS UN RESTAURANT OU UN BAR.

UNE FOIS DE PLUS ...
ELLE FAIT SON HÉROÏNE PARFAITE !
VOILÀ ...
ET DONC, CE QU'ON A VU AUJOURD'HUI COMPTE AUSSI POUR L'EXAMEN
HEEEEIN ?!
Mais ... ÇA ME FAIT MAL ...
...
ADACHI DOIT IMAGINER ...
(Version Hatori)
Mange-moi la crevette !
SON PROPRE SCÉNARIO AMOUREUX AVEC RITA.
ET FORCÉMENT, ELLE SE PREND POUR L'HÉROÏNE.
MAIS ...

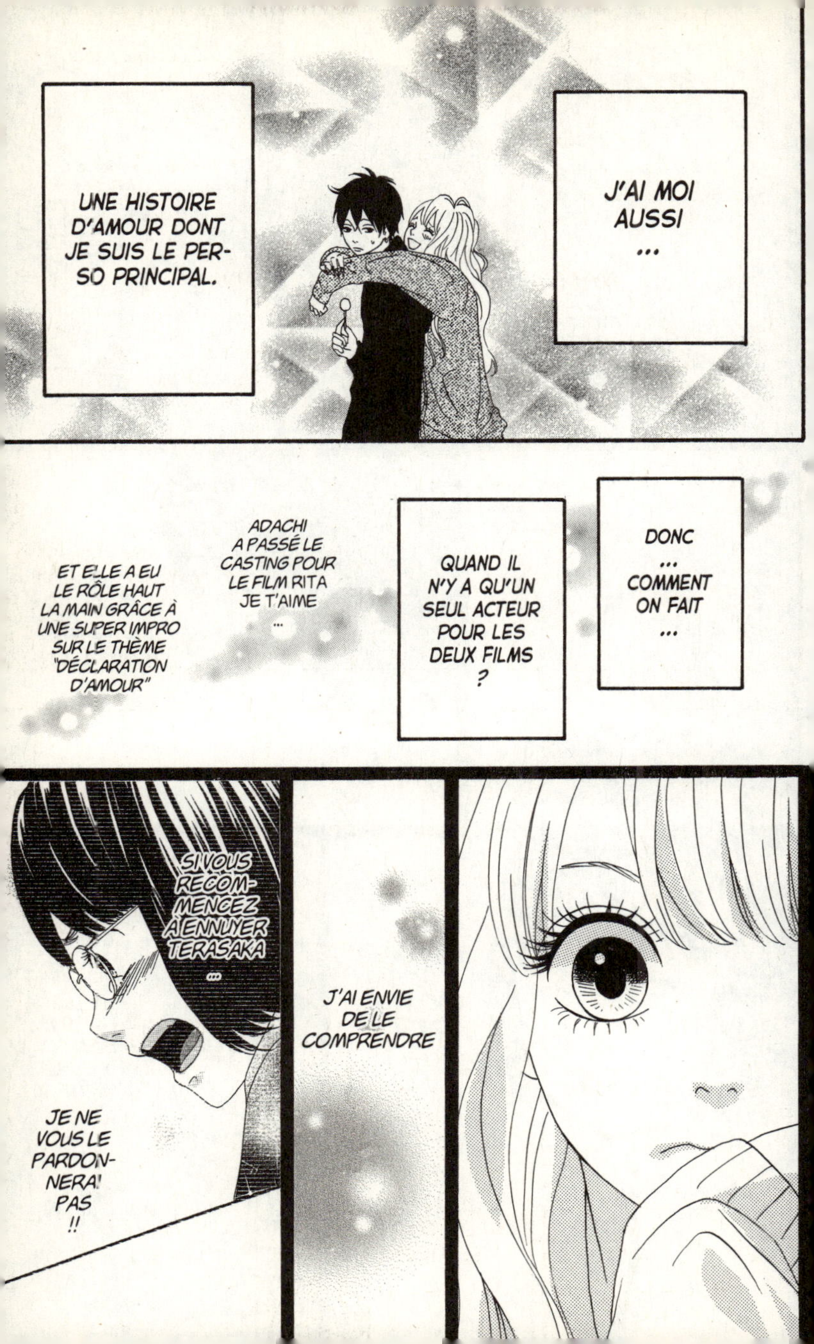
J'AI MOI AUSSI ...
UNE HISTOIRE D'AMOUR DONT JE SUIS LE PERSO PRINCIPAL.
DONC ... COMMENT ON FAIT ...
QUAND IL N'Y A QU'UN SEUL ACTEUR POUR LES DEUX FILMS ?
ADACHI A PASSÉ LE CASTING POUR LE FILM RITA JE T'AIME ...
ET ELLE A EU LE RÔLE HAUT LA MAIN GRÂCE À UNE SUPER IMPRO SUR LE THÈME "DÉCLARATION D'AMOUR"
J'AI ENVIE DE LE COMPRENDRE
SI VOUS RECOMMENCEZ À ENNUYER TERASAKA ...
JE NE VOUS LE PARDONNERAI PAS !!

TOUS LES MOYENS SONT BONS POUR REPRENDRE LE RÔLE QUI M'EST DÛ !
JE TE DÉTESTE !!
IL FAUT À TOUT PRIX QU'ELLE REDEVIENNE UGLY BETTY !!
IL DOIT SOUVENT SE SENTIR BIEN SEUL ...
MOI AUSSI ...
J'Y PENSAIS DEPUIS LONG-TEMPS !!
MAIS VOUS AVEZ PAS TORT ...
ELLE CACHE BIEN SON JEU, LA RENARDE !
C'EST UN VRAI POISON, CETTE MEUF, SOUS SON SOURIRE DE GEEKETTE !
SI UN JOUR TERASAKA TOMBE AMOUREUX DE TOI ...
JE NE VOUS EN VOUDRAI PAS

C'EST CLAIR...
JE NE SUIS PLUS DIGNE D'ÊTRE L'HÉROÏNE, VOILÀ.
ADACHI...
A L'AIR D'AIMER SINCÈREMENT RITA.
ET MOI, LÀ, QU'EST-CE QUE JE FOUS ?!

JE ME GOURE DE CIBLE ! JE NE DOIS PAS M'OCCUPER D'ADACHI, MAIS DE L'ACTEUR PRINCIPAL !
ZUT, J'AI OUBLIÉ MES LIVRES DANS MON CASIER !
ARGH ! SÉRIEUX ?
JE PEUX RENTRER SANS TOI ?
OUAIS
ELLE EST SAOULÉE, NAKAJIMA ...
Ben vas-y ... Pars devant !
GYA HA HA
T'EN FAIS PAS UN PEU TROP, QUAND MÊME ?
TU TROUVES ?! C'EST ENCORE TROP GENTIL !
T'ES TROP CRUELLE, COMME MEUF !
Gya ha ha ha ha
QU'EST-CE QUE VOUS FAITES ?
AH, HATORI !
TU TOMBES BIEN ♡

ON LAISSE UN PETIT MOT D'AMOUR SUR LE BUREAU D'ADACHI ♡
PÉTASSE
CRÈVE ! LOL
GROGNASSE
ARRÊTE DE LÉCHER LE CUL DES MECS !
J'ADO-OORE LES GARÇONS ♡
PROFITES-EN, LAISSE-LUI UN PETIT MESSAGE AUSSI !
TIENS ♡
LE STYLO
!!
MAIS QU...
JE SUIS ASSEZ MAL PLACÉE POUR DIRE ÇA, MAIS ...

... Même si vous avez les boules contre Adachi ...
Ça sert à rien de faire ça
!
Pa...
T'es sérieuse, là ?!
Tu l'as démontée pas plus tard que tout à l'heure !
Re-tourne pas ta veste !
Oui, je retourne ma veste, et merde !
Ça avance à quoi, de faire ça ?
C'est du vent ...
On est juste des minables
Et en faisant ce genre de trucs ...

ON NE SERA QUE ...
DES PERSONNAGES SECONDAIRES À DEUX BALLES !
RITA ...
IL N'Y A QU'À MOI QU'IL DONNE DES PETITS SURNOMS DÉBILES.
ON A FAIT TELLEMENT DE CHOSES ENSEMBLE ...
MAIS TOUT ÇA NE SEMBLE PLUS AVOIR AUCUN SENS AUJOURD'HUI.

POURQUOI JE NE M'EN SUIS PAS RENDU COMPTE AVANT ?
ÇA Y EST ... ON L'A PERDUE !
Bouche bée
HEY !
QU'EST-CE QUE VOUS FOUTEZ ...
AUTOUR DU BUREAU D'ADACHI ?
TERASAKA !
BEN ...
EUH ... EN FAIT ...
HATORI ...
ON L'A GRILLÉE EN TRAIN DE TAGUER LE BUREAU D'ADACHI ...
DU COUP, ON L'A ENGUEULÉE ET ELLE S'EST MISE À PLEURER

REGARDE ÇA !
ELLE M'A GRIBOUILLÉ LE VISAGE POUR SE VENGER !
complètement tarée, non ?
N'IMPORTE QUOI !
ARRÊTE DE MENTIR !
Bzi
T'ES COMME NOUS, HATORI...
PIRE, MÊME !
...
SI C'EST LA VÉRITÉ...
C'EST LA DERNIÈRE DES RACLURES !

MAIS VOUS SAVEZ ...
DEPUIS COMBIEN D'ANNÉES JE LA CONNAIS ?
BON, J'AVOUE, HATORI EST ...
Ben...
PARFOIS VRAIMENT STUPIDE ...
ET PEUT RUSER COMME UN VILAIN RENARD SANS AVOIR À AFFRONTER SA CONSCIENCE

ELLE EST SOUVENT BEAUCOUP TROP IMPULSIVE ...
ET DIT LES CHOSES SANS RÉFLÉCHIR
MAIS ...
CE QUI EST SÛR, C'EST QU'ELLE EST LOIN D'ÊTRE COMME VOUS !
ALORS NE LA METTEZ PAS DANS LE MÊME SAC !

PARDON ?!
T'ES VRAIMENT UN BLAIREAU !
BOUM
GONG
TU TE PRENDS POUR QUI ?! MISTER POPULAIRE MES FESSES !
Cassons-nous !
RITA ...
"POPULAIRE MES FESSES" ?
C'est vexant ...
JE SAIS ...
PAS MAL ...
J'AI PAS LA STATURE D'UNE HÉROÏNE, MAIS JE T'AIME TELLEMENT ...
JE PIGE RIEN À CE QUI SE PASSE ...
POURQUOI TU PLEURES ?
HEIN ?
Essuie ton nez
SNIIFFF ...
Argh

T'ES MON HÉROS ...
Y A QUE TOI POUR MOI, RITA !
HEIN ?
Pof
Pof
ALLEZ, REMETS-TOI ... JE FILE
Et rince ton visage aussi
RITA ...
RITA ...

RITA !
RI...

UUH ...
UURH !
ME LAISSE PAAAA-AAAS ...

Hi hi, quelle idiote ...
Que les filles disent du mal de moi aux toilettes ...
Et qu'elles taguent mon bureau ...
C'était un plan parfait !! Sauf que ...
Je m'attendais pas à ce que Terasaka la défende ... Merde !
Adachi ...
Ça suffit !
Hein ?
De quoi tu parles ?
Je sais pas ce que tu complotes ...
Mais si tu fais encore une seule fois du mal à Hatori ...
Tu auras affaire à moi, vu ?
J'aurais trop aimé que ça se passe comme ça !!
Ouiiin ...

NO LONGER HEROINE
Chapitre 3

JE ME SUIS CONSUMÉE ...
...
Qu'est-ce qu'elle va me sortir ?
JE ME SUIS CONSUMÉE ENTIÈREMENT ...

* RÉPLIQUE CULTE DU MANGA *ASHITA NO JOE* DE TETSUYA CHIBA.

—Pas-maquillée
JE RENONCE ...
À MES SENTIMENTS POUR RITA
...
HATORI ?
COURAGE !
GNI
Oui, oui ...
Là, là, tout va bien ...
AAAAH, NAKAJI-MAAAAA !!
Ouiiiiin !
JE SUIS TELLEMENT HEUREUSE ♥
!!

?!
?
J'EN AVAIS TELLEMENT MARRE DE CETTE HISTOIRE...
QUE J'AI EU ENVIE PLUS D'UNE FOIS DE T'ARRACHER LA LANGUE !
MAIS BON, VOILÀ, TOUT VA BIEN MAINTENANT... ALLONS EN COURS !
On y go-!
JE CROYAIS QUE T'ÉTAIS MON AMIE !
JE SUIS AU FOND DU TROU, LÀ ! T'ES PAS CENSÉE ME RÉCONFORTER ?
Mais !
Démon ! T'es qu'une sorcière aux nichons tout plats !!
ALORS ÉCOUTE-MOI BIEN !
PUISQUE JE SUIS TON AMIE...
J'ESSAIE DE FAIRE EN SORTE QU'À DÉFAUT D'ÊTRE UNE HÉROÏNE, TU SOIS AU MOINS DIGNE D'ÊTRE HUMAINE !
Chuis pas maquillée !
DONC TU LA FERMES ET ON VA AU LYCÉE !
T'as 40 secondes pour te préparer
C'EST PAS UN DÉMON... C'EST LE DIABLE !!
OH !

TIENS, J'AI PAS VU CETTE FILLE DEPUIS MILLE ANS ...
C'EST QUOI SON NOM, DÉJÀ ?
J'me souviens plus !
VOYONS, TERASAKA ...
Enfin !
BONJOUR, MATSUZAKI !
TU N'ES PLUS MALADE ? ÇA VA ?
EH !
Elle s'enfuit !
HEY ! HATORI !
?
QU'EST-CE QU'ELLE A ?
ELLE EST PEUT-ÊTRE ENCORE MALADE ...
POURQUOI TU T'ES BARRÉE ?!
Tu passes pour une tarée !
MAIS PARCE QUE !!

J'PEUX PAS !!
LES VOIR ENSEMBLE, ÇA ME FAIT TROP MAL !
C'EST PLUS FORT QUE MOI, MAIS ...
MON COEUR S'EST EMBALLÉ DÈS QUE J'AI VU RITAAA !!
Ouiiin, il est trop beau ! Je l'aime !!
Ouiiin, ouiiin !
C'EST NORMAL, ÇA, AU DÉBUT ... T'INQUIÈTE, ÇA VA VITE PASSER !
FAUT QUE T'AILLES CHASSER !
CHASSER ?
JE VAIS T'ORGANISER UN GÔ-KON OU UN AUTRE TRUC, SI TU VEUX !
CHASSER UN MEC ! APRÈS, TU POURRAS MÊME LES REGARDER AVEC BIENVEILLANCE !
O.K. ?
LES REGARDER ...
AVEC BIEN-VEILLANCE ?

BEN ALORS, HATORI ...
QU'EST-CE QUI T'EST ARRIVÉ ?
J'PEUX PAAAAAAS !!
BOBOOOM
TAH
ENCORE PARTIE !
IMPOSSIBLE ...
J'PEUX PAS LES VOIR ENSEMBLE ...
LE SEUL TRUC QUE JE ME DIS, C'EST "CRÈVE, ADACHI" !
FAUT QUE J'ARRÊTE DE PENSER À ÇA !

C'EST SIMPLE, JE N'AI QU'À FUIR !
REVOILÀ HATORI !
C'est l'exorciste !
gniii
KYAAAA
RITA NE FAIT PLUS PARTIE DE MON MONDE !
JE LES ZAPPE DE MON CHAMP DE VISION !!
TAC
?
HATORI !
EH ! MATSUZAKI !
HEIN ? IL ME SUIT ?!
ALLÔ ?!

POURQUOI TU T'ENFUIS ?!
NON, JE ...
JE NE FUIS PAS !
MAIS ... C'EST QUI, LUI ?
Rita est ici
grr grr
ÇA FAIT UNE HEURE QUE JE T'APPELLE !
QUELLE IDIOTE !
J'ESPÉRAIS ENCORE QUE RITA VIENDRAIT VERS MOI !
Argh ! Je me déteste !
TU M'ÉCOUTES, OUI ?!

Oh ...
OUI, DÉSOLÉE !
Grr
C'EST PAS TROP TÔT !
O.K., TU VEUX BIEN RENDRE SON PORTABLE ...
J'AVAIS UN COUP DE FIL SUPER-URGENT À PASSER TOUT À L'HEURE, ET SON TÉLÉPHONE TRAÎNAIT SUR SON BUREAU ...
Donc je l'ai pris
MAIS BON, C'EST CLAIR QUE ÇA SE FAIT PAS ...
Vlan
TOI, TU LE CONNAIS BIEN, DONC T'AS QU'À DIRE QUE TU L'AS TROUVÉ PAR TERRE, OU UN TRUC DU GENRE
Je compte sur toi
MAIS ... C'EST QUI, CE BOLOSS ?
À TERASAKA ?
HEIN ?! TU PLAISANTES ?! POURQUOI TU LUI RENDS PAS TOI-MÊME ?
IL EST JUSTE LÀ !
Pouf, parti !
Il n'est plus là
MAIS ...
LUB
LÉTISME

O.K.
J'AI QU'À LE METTRE DANS SON SAC PENDANT SON ENTRAÎNEMENT !
C'EST QUOI, DÉJÀ, SON CODE ? AH OUI ... 4-2-7 ...
C'EST BON ...
C'EST OUVERT !
WOW !
!
Sa chemise est encore chaude
snif
snif
Comme un gâteau qui sort du four
AH ...
MMMMM

SON PARFUM …
CE PARFUM …
QUE JE M'ÉTAIS APPROPRIÉ …
ALORS QU'ON SORTAIT MÊME PAS EN-SEMBLE.
COMMENT J'AI PU M'IMAGINER TOUT ÇA ? CH'UIS GRAVE …
OH ! LA VOLEUSE !
GLOUPS
LA VILAINE VOLEUSE !
GRILLÉE !

RI... RI...
TU VEUX QUE JE T'AIDE À FOUILLER MON CASIER ?
OU J'APPELLE LES FLICS ?
NON, FAIS PAS ÇA !
ON M'A ENVOYÉE TE RENDRE TON PORTABLE !
AUCUN LIEN AVEC LE FAIT QUE JE SENTAIS TA CHEMISE !
PARDON ?!
O.K., DONC TU ÉTAIS EN TRAIN DE .. SNIFFER MA CHEMISE ..
C'est bien ça ?
EUH ... ENFIN ...
C'EST À CAUSE DES PHÉROMONES, TU SAIS, L'ADOLESCENCE, TOUT ÇA ...
J'y peux rien !
C'EST PLUS FORT QUE MOI !

②

Voili voilà,
je vais avoir 26 ans cette année.
Ça craint... non ?
Ce qui serait cool, ce serait de rencontrer un mec avec qui ça roule sans changer quoi que ce soit à mes habitudes, mais bon...
Vu que je sors pas de chez moi, c'est mal barré...
Comment je vais trouver un copain ?
En ce moment, mon contact masculin le plus intime, c'est le vieux de la supérette (qui est d'ailleurs marié)... La grosse lose !
Mais merde ! Ça existe pas, un assistant beau, célibataire, doué pour dessiner les arrière-plans, pour faire des massages et pour me réveiller tendrement le matin ?

AARRRGGGH

C'est clair que si je continue à fantasmer comme ça, ça risque pas d'arriver ! Donc je retourne à mon abstinence forcée pour me consacrer à fond à *No Longer Heroine*...
Je crois que c'est ce que j'ai de mieux à faire !

EH OUI...

LAISSE TOMBER ...
JE SUIS VENU DISCUTER UN PEU AVEC TOI
Je t'ai vue entrer dans les vestiaires
GLOUPS
HEIN ?
POURQUOI IL FAIT LE JOLI CŒUR TOUT À COUP ?
Bah
O.K., BEN DISCU-TONS !
TIENS OUI, TU SAIS QUOI ? MA MÈRE ...
ET ÇA, LÀ, C'EST QUOI ?!
IL FAIT DES SUPER SOLDES SUR LES SOURIRES, OU QUOI ?
Lui qui tire tout le temps la tronche !
C'EST PAS JUSTE ! ARRÊTE !
Et là, ma mère a tapé une crise !
Tu parles que de ta mère, toi
Saoulé
IL A L'AIR VRAIMENT CONTENT QU'ON PARLE !

!
Mais ... si ça se trouve ...
JE COMPTE VRAIMENT ...
POUR LUI ?
C'EST VRAI ...
ON SE CONNAIT DEPUIS LONGTEMPS ...
MÊME SI ON SORT PAS ENSEMBLE ...
Alors ... PEUT-ÊTRE QUE ...
PEUT-ÊTRE QUE JE SUIS VRAIMENT IMPORTANTE POUR LUI ?!

... SI JE LUI AVAIS AVOUÉ MES SENTIMENTS ...
ON SERAIT ENSEMBLE AUJOURD'HUI ?
JE SAIS ... J'AI DIT QUE JE RENONÇAIS, MAIS ...
HATORI ?
IL ME RESTE PEUT-ÊTRE ENCORE UNE TOUTE PETITE CHANCE !

* PROMOTIONS JOURNALIÈRES À HEURES FIXES SUR DES PRODUITS ALIMENTAIRES ET CONSOMMABLES DE LA VIE COURANTE.

HEIN ?!
DE QUOI ?!
ON MANGE QUOI, CE SOIR ?
TU AS DIT QUE J'ÉTAIS RELOU, ALORS JE TE DIRAI PAS ...
CO...
VOUS HABITEZ ENSEMBLE ?!
N'IMPORTE QUOI ... JE LA RAMÈNE CHEZ ELLE APRÈS MANGER
QU'EST-CE QUE TU T'IMAGINES ?
D'AILLEURS, TU VEUX MANGER AVEC NOUS ?
ELLE CUISINE BIEN, LA MISS !
ET DONC, TU L'APPELLES "LA MISS" ?
MATSUZAKI !
ON N'A QU'À FAIRE À MANGER ENSEMBLE ! QUELQUE CHOSE QUE TERASAKA N'AIME PAS ... HI HI !
EH !
T'AS BIEN PRIS TES REPÈRES DANS LA CUISINE, À CE QUE JE VOIS !
PENDANT QUE JE DÉPRIMAIS ...
CES DEUX-LÀ SE SONT BIEN RAPPROCHÉS ...

ET MOI ...
PAF
AAAARGH !
AAAAAAH !
AAAARH !
GLOUPS
COMME UNE GOURDE ...
MATSUZAKI ?
MA...
JE GARDAIS ENCORE ESPOIR !

J'EN AI MARRE. LÀ, C'EST TROP ...
C'EST ADORABLE, MAIS JE PEUX PAS ...
J'AI UN GÔ-KON CE SOIR !
HEIN ? UN GÔ-KO...
EH OUI !
Youpi !
JE VAIS ENFIN AVOIR UN MEC !
C'EST ASSEZ DINGUE, MAIS BIEN QUE JE SOIS SUBLIME, JE NE SUIS JAMAIS VRAIMENT SORTIE AVEC UN GARÇON ...
Alors que je suis si belle !
DONC LÀ, JE COMPTE PASSER SÉRIEUSEMENT À L'ATTAQUE !

BON ALLEZ, JE FILE ...
JOUEZ BIEN AU PAPA ET À LA MAMAN ... HA HA !
J'AI LA TÊTE QUI TOURNE ...
J'AI L'IMPRESSION QUE TOUT ÇA N'EST PAS RÉEL ...
CIAO !
HEIN ?
MATSUZAKI ...
ALLEZ VOUS FAIRE VOIR !
J'ARRÊTE ...

... DE NOURRIR DE FAUX ESPOIRS.
FAUT QUE JE ME TROUVE UN MEC ...
ELLE ...
C'EST VRAI ...
Normal ...
ELLE AUSSI ...
ELLE A LE DROIT D'AVOIR UN COPAIN
POUR PAS AVOIR L'AIR RIDICULE !
BON, BEN ...
ON FAIT COMMENT ? ON SE PRÉSENTE ?

Collègues de taf de Nakajima (étudiants)
PAS TRÈS EXCITANT, TOUT ÇA !
Hein ?
UH HYA HYA
MAIS VOUS ÊTES TOUTES GRAVE MIGNONNES !
VOUS N'ALLEZ PAS NOUS FAIRE CROIRE QUE VOUS ÊTES CÉLIBATAIRES ! HA HA HA !
MAIS ENFIN, NAKAJI !
(Nakajima)
T'AURAIS PU NOUS PRÉVENIR QU'ELLES ÉTAIENT BONNASSES, TES COPINES !
HA HA OUI OUI OUI OUI OUI OUI ! ET TRÈS SYMPAS !
(Voix à l'octave)
MAIS TROP, ENFIN TROP, QUOI !
JE ME RÉPÈTE, MAIS VOUS ÊTES VRAIMENT TROP CHARMANTES !
UH HYA HYA
GYA HA HA
MAIS ... C'EST QUOI CES BOULETS ?!
Et ils sont trop cheums !
EUH, ÉCOUTE, NAKAJIMA ...
(Discrètement)
OUI ?
FRANCHEMENT, JE PENSE PAS QUE JE VAIS FAIRE QUOI QUE CE SOIT AVEC CES MECS ...
OUAIS, BEN DÉSOLÉE, MAIS SI TU M'AVAIS PRÉVENUE AVANT, J'AURAIS PAS EU À RÂCLER LE FOND DE MON RÉPERTOIRE ...
ET J'TE SIGNALE QUE LES MECS AUSSI CANONS QUE TERASAKA, ÇA COURT PAS LES RUES ...
DONC HABITUE TES P'TITS YEUX À CE GENRE DE GARS
MAIS ...

* EN EFFET, HATORI EST UN PRÉNOM PEU COMMUN. D'AILLEURS, "RITA" EST TOUT AUSSI RARE.

!
VLAF
Ouah !
IL VIENT VERS MOI !
Pourquoi, mais pourquoi ?!
IL FAUT QUE JE FASSE COMME SI JE L'AVAIS PAS VU !!
BOBOM
KIMURA ! PARLE-MOI UN PEU DE TOI ♡
AH BEN, AVEC PLAISIR, MA BELLE ♡
BOBOM
Ha ha ha, je vois !
zsieute
RITA, TU LE SAIS PEUT-ÊTRE PAS ...
MAIS ON S'OCCUPE DE MOI AUSSI ...
PLEIN DE GARÇONS S'OCCUPENT DE MOI !

BOBOM
TU VAS VOIR !
BOBOM
JE VAIS TELLEMENT PLAIRE ...
BOBOM
QUE JE TE SERAI COMPLÈTEMENT INACCESSIBLE.
SHH
TU N'OSERAS MÊME PLUS M'ADRESSER LA PAROLE !

'sont où, les chiottes ?
PUTAIN ! C'EST QUIIII ?!

AH ...
C'ÉTAIT PAS LUI !
HA ...
HA HA HA ...
JE SUIS TROP NULLE ...
JE CROIS QUE JE SUIS JUSTE INCAPABLE DE RENONCER ET D'AVANCER ...
J'AI JUSTE ENVIE QUE RITA PENSE À MOI ...
MOUAH HA HA HA !
ÇA VA, HATORI ?!
NAKAJIMAAA ...

OUAIS, BON, ÇA, J'AI BIEN COMPRIS ...
ET ... TU COMPTES FAIRE QUOI ?
JE CROIS QU'UNE BONNE FOIS POUR TOUTES ...
JE VAIS ME PRENDRE UN GROS RÂTEAU !
Allez, file !
O.K., BEN ... BON COURAGE !
Comment je m'éclipse, maintenant ?
BON ... J'AI PLUS RIEN À FAIRE ICI !
AH LÀ LÀ LÀ LÀ ... HATORI
J'AI ENVIE DE LE VOIR ...
TELLEMENT ENVIE !

Dadakyu
JE VEUX TE VOIR, RITA !
RI...
TAC
!
POUR TON PREMIER TEXTO "J'AI QUELQUE CHOSE À TE DIRE, TU PEUX VENIR ?" ... VOILÀ ... CH'UIS LÀ ...
MAIS LE DEUXIÈME OÙ TU ME DIS DE VENIR TE CHERCHER PARCE QUE T'AVAIS PAS DE THUNES POUR PRENDRE LE TRAIN, C'ÉTAIT UNE SALE BLAGUE, OU QUOI ?
Hein ?
ZÉZOLÉE ...
T'AURAIS PU DEMANDER À UN DES GARS DE TON GÔ-KON, NON ?

...
NON
PARCE QUE ...
JE VOULAIS TE DIRE EN FACE QUE ...
JE T'AIME !

EST-CE QUE TU VOUDRAIS SORTIR AVEC MOI ?
VOILÀ ...
C'EST ÇA QUE JE VOULAIS TE DIRE ...
ELLE EST NULLE, TA BLAGUE !
PAR-DON ?!

* AU JAPON, CE SONT LES FILLES QUI FONT DES CADEAUX AUX GARÇONS QU'ELLES AIMENT LE JOUR DE LA SAINT-VALENTIN. UN MOIS PLUS TARD, LE 14 MARS, LORS DU WHITE DAY, SI LE GARÇON RETOURNE À LA FILLE DES BONBONS, C'EST QUE SES SENTIMENTS SONT PARTAGÉS.

* MACHINE ATTRAPE-PELUCHES.
** PHOTOMATON DÉCORÉ.

FRANCHEMENT, TU PENSES ENCORE APRÈS TOUT ÇA ...
QUE JE DIS N'IMPORTE QUOI, ET QUE MES SENTIMENTS SONT BIDONS ?!
LE DERNIER TRAIN À DESTINATION DE XX VA PARTIR ...
CHERS PASSAGERS ...
LE DERNIER TRAIN ...
DIS-MOI ...
...

JE CONNAIS DÉJÀ ...
... EST-CE QUE TU AIMES VRAIMENT ...
ADACHI ?
SA RÉPONSE.
SI JE NE L'AIMAIS PAS ...
TU CROIS QUE JE SORTIRAIS AVEC ELLE ?
JE VOULAIS JUSTE T'EMBÊTER, C'EST TOUT ...
J'AI COMPRIIIS !
Allez !
RITA !
FAUT PAS LE RATER, C'EST LE DERNIER TRAIN !
MH ?
Ouais
DÉPÊCHE-TOI !
Cours !
Hein ?
ET TOI ?!
Y A PAS COURS DEMAIN, JE VAIS REJOINDRE NAKAJIMA !
Désolée de t'avoir fait venir

ALLEZ !
VAS-Y !
...
RITA ...

Dadaky
RITAAA !!

NE T'EN VA PAS !
...
OUAH ...
AAAAH ...
AAAAAAAH ...
C'EST CLAIR
SAED
SAED

C'EST MORT ...
TOUT EST ...
COMPLÈ-TEMENT FINI ...

HEY !
LA MERDE ... J'AI LOUPÉ MON DERNIER TRAIN
C'EST TA FAUTE, ÇA !

C'est mort ...
Tout est ...
bip
SHTAK
Complètement fini ...
DING DONG
BAM
Ouah
DING DONG
DING DONG
TOUTE SORTIE EST DÉFINITIVE

NO LONGER HEROINE
Chapitre 4

LA MERDE ... J'AI LOUPÉ MON DERNIER TRAIN
C'EST TA FAUTE, ÇA !
JE RÊVE ...
...
T'ES CHIANTE
Tu me fous mal

RITAAA !
OUAAAH !
C'EST COMME SI ...
J'ÉTAIS ENFIN ...
DEVENUE L'HÉROÏNE !
...
HATORI ...

JE ...
PEUX PAS SORTIR AVEC TOI !
Clair net et précis !
QUOI ?
OUAIS ...
C'EST COMME ÇA, VOILÀ ...
Désolé
HEIN ?
Ben alors ...
POURQUOI TU ES REVENU ?
NE T'EN VA PAS !!!
OUIIIN-NNN-NN
TU CROIS VRAIMENT ...
QUE J'ALLAIS TE LAISSER DANS CET ÉTAT-LÀ ?
Et puis, je peux pas rentrer, y a plus de train ...
“Cet état-là”

Mais …
J'AI PAS DE THUNES POUR PAYER UN TACOS !
10 000 yens
TOC
J'EN AI, MOI !
DONNE TON ADRESSE AU CHAUFFEUR
J'prends un autre taxi
Fils de bourges
Taxi !
MAIS … MAIS …
C'est tout ?!
MONTE !
POUF
HEIN ?
N…
NON, JE VEUX PAS RENTRER !
JE VEUX …
RESTER AVEC TOI !

O.K. ... AVANCEZ TOUT DROIT BOULEVARD DE SETAGAYA ...
À LA GARE XX, TOURNEZ AU COIN DE LA SUPÉRETTE ET CE SERA LA DEUXIÈME MAISON À DROITE
!!
Trop rapiiiide !
MAIS POURQUOI ?!
Rita !
C'est le week-end, j'aurais pu profiter !
Rita !
FIOUUU ...
Merde
CETTE SÉQUENCE ROMANTIQUE ...

C'ÉTAIT QUOI ? UNE SORTE ... D'AUDITION ?!
MÊME S'IL M'A MIS UN VENT ...
IL EST QUAND MÊME REVENU ...
ÇA VEUT PEUT-ÊTRE DIRE ...
QUE J'AI ENCORE UNE TOUTE PETITE, PETITE, PETITE CHANCE ?
FAUT QUE J'ARRÊTE DE FAIRE SEMBLANT ...
EN DEUX SECONDES IL A MIS MON CŒUR EN FEU ...
C'EST IMPOSSIBLE ... JE DOIS AFFRONTER MES SEN-TIMENTS !

JE DOIS LE REVOIR...
ET VITE !
POUR COMPREN-DRE...
CE QU'IL PENSE VRAIMENT.
...LUUUT SAAAA... !
Argh
...
YO...
ÔÔÔ.
BIEN BIEN BIEN
T'AS CHOISI QUOI, YUKKA ?
BASKET-BALL, BIEN SÛR !

AH !
T'AS CHOISI QUOI, COMME DISCIPLINE ...
POUR LE FESTIVAL DE SPORT ?
CLAP
CH'AIS PAS ...
TACLAC
J'ME SUIS PAS ENCORE DÉCIDÉ
HATORI !
ALORS ... RACONTE ! IL S'EST PASSÉ QUOI, VENDREDI SOIR ?
JE VEUX TOUS LES DÉTAILS !
Alors ? Hein ?
AU FAIT, ON FAIT VOLLEY POUR LE FESTIVAL
Je t'ai ins-crite
ARGH !
hop

O.K. ...
JE VOIS CE QUI S'EST PASSÉ ...
Alors ...
QU'EST-CE QUE T'EN PENSES, NAKAJIMA ?
POURQUOI RITA EST REVENU ?
BOM
hop
C'est simple ...
DEUX SOLUTIONS
HHA
Zut !
SOIT TA DÉCLARATION L'A VRAIMENT TROUBLÉ ET IL EST REVENU POUR L'ACCEPTER ET FINALEMENT IL L'A PAS SENTI ...
ET IL A VOULU FAIRE COMME SI RIEN NE S'ÉTAIT PASSÉ
!
SOIT C'ÉTAIT JUSTE PAR PITIÉ
Elle me fait trop pitié
Je la laisse rêver un peu ?
!!
Mais ...
NAN !
RITA N'ÉPROUVE JAMAIS DE PITIÉ !
CELA DIT ...
J'ai pas envie d'en remettre une couche ...
MAIS C'EST CLAIR QU'IL T'ÉVITE

Choooc
Mais bravo... t'as été super-courageuse !
Je te félicite !
Bon taf !
Et tu penses que... je dois abandonner ?
Hein ?!
Je peux plus rien faire ?!
Bon, Hatori...
Je crois qu'après t'être pris ce râteau assez monumental, les choses sont claires, non ?
Si tu insistes...
Après qu'il t'a clairement dit non, c'est vraiment que t'as pas d'amour-propre...
C'est vrai...
Jusqu'à aujourd'hui, je croyais que c'était facile...
D'être l'héroïne de Rita

T'AVAIS RAISON ...
J'AVAIS MÊME PAS APPRIS MON TEXTE ...
POUR PASSER CE FOUTU CASTING
MAIS LÀ ... JE ME SUIS BOUGÉE !
J'AI POTASSÉ COMME UNE FOLLE, ET MOI AUSSI J'AI JOUÉ MON RÔLE
DANS L'HISTOIRE D'AMOUR DE RITA ...
JE VEUX VRAIMENT TOUT DONNER !
...
T'ES VRAIMENT DÉSESPÉRANTE ...
COMPTE PAS SUR MOI POUR T'ENCOURAGER !
HEY, LES FILLES !!

TU SAIS AU MOINS FAIRE UN SERVICE, HEIN ?!
T'INQUIÈTE ! J'EN AI FAIT UN PEU AU COLLÈGE
Fan de Jeanne et Serge
ET TOI, MATSUZAKI ?!
!
grr
Par-don ?!
TU ME PRENDS POUR UN JAMBON ?
TROP FACILE !
BOM
BOM
Ser-vice fail
POUR TOI, LA NOUVELLE RECRUE : ENTRAÎNEMENT SPÉCIAL !
On y go !
ARGHHHH ! NOOON !!
Je peux pas !!
Pendant le festival de sport, chaque membre de l'équipe doit servir
J'AI PAS DE TEMPS À PERDRE !
AH !
BOUGEZ-VOUS LES FESSES !!
VENEZ VOUS ENTRAÎNER ! LE JOUR J APPROCHE, ET JE NE VEUX PAS DE BOULETS DANS MON ÉQUIPE, COMPRIS ?
!!

VLAF
J'AI UNE IDÉE !!
MADAME LE COACH !
JE SUIS UN ENTRAÎNEMENT SECRET JUSQU'AU JOUR J !
ENTRAÎNEMENT SECRET = ELLE VA APPRENDRE L'ATTAQUE LASER ?
D'AILLEURS, JE DOIS Y ALLER TOUT DE SUITE !
ELLE ME FAIT ... FLIPPER
DONC VOILÀ ...
FAUDRAIT QUE TU M'APPRENNES À SERVIR AU VOLLEY, APRÈS LES COURS !
Parce que ...
T'ES DOUÉ DANS TOUS LES SPORTS !
MAIS ...
JE FAIS DU PING-PONG !
IL EST DISTANT ... C'EST CE QUE JE CRAIGNAIS ...

POURQUOI IL A CHOISI CE SPORT DE NAZE ?
Il se la joue marginal ?
AH ! VOUS VOILÀ, MONSIEUR TERASAKA !
Ghi hi hi
KODAMA
MISSION COMPLETED ! J'AI TROUVÉ LA CLEF DE LA SALLE DE PING-PONG !
Ghi hi hi
SHTAC
O.K.
JE COMPRENDS ...
Super !
ON Y VA, ALORS !
LE PING-PONG EST LA SEULE CATÉGORIE OÙ PERSONNE NE VEUT ALLER ...
SURTOUT POUR JOUER EN DOUBLE AVEC KODAMA ...
JE T'AIME !
RITA !
ATTENDS !

MÊME SI TU ME CALCULES PAS ...
JE NE PEUX PAS LÂCHER COMME ÇA !
ON FERA VITE !
Genre après les cours
MAIS J'AI VRAIMENT BESOIN QUE TU ME FILES UN COUP DE MAIN
BON ... O.K.
MAIS ...
ENCORE UNE FOIS, QUE LES CHOSES SOIENT CLAIRES ...

JE SUIS DÉJÀ PRIS
ET SURTOUT ... JE NE PARTAGE PAS TES SENTIMENTS
DONC SI TU ATTENDS QUELQUE CHOSE DE MOI ...
CE SERA POUR RIEN
Ah ...
OUI ...
BIEN SÛR !
C'EST TRÈS CLAIR !
OUI !
SANS DÉCONNER ...

... J'AVAIS TOUJOURS PAS COMPRIS ...
OU QUOI ?
JE PEUX ...
TE POSER UNE QUESTION ?
L'AUTRE SOIR ...
POURQUOI TU ES REVENU ?
J'TE L'AI DÉJÀ DIT ...
JE POUVAIS PAS TE LAIS-SER DANS CET ÉTAT
T'ES CON, OU QUOI ?!
FALLAIT PAS FAIRE ÇA ...
SI T'AS AUCUN SENTIMENT POUR MOI !

FAIS PAS COMME SI TU ÉPROUVAIS QUELQUE CHOSE !
ME DONNE PAS DE FAUX ESPOIRS !
SALAUD !
J'AURAIS PRÉFÉRÉ ...
QUE TU ME LAISSES CARRÉMENT TOMBER !
QUEL CON !

J'LE DÉTESTE !!
ENFOIRÉ ...
JE VEUX PLUS VOIR SA SALE GUEULE !
T'as vu ?
TERASAKA FAIT DU PING-PONG !
KYA !
ON VA LE VOIR JOUER ?
CES MEUFS ...
QUI SE CONTENTENT D'UN REGARD VOLÉ ...
CE NE SONT QUE DE SIM-PLES PERSON-NAGES SE-CONDAIRES
ET MOI ...
HÉ HÉ ...

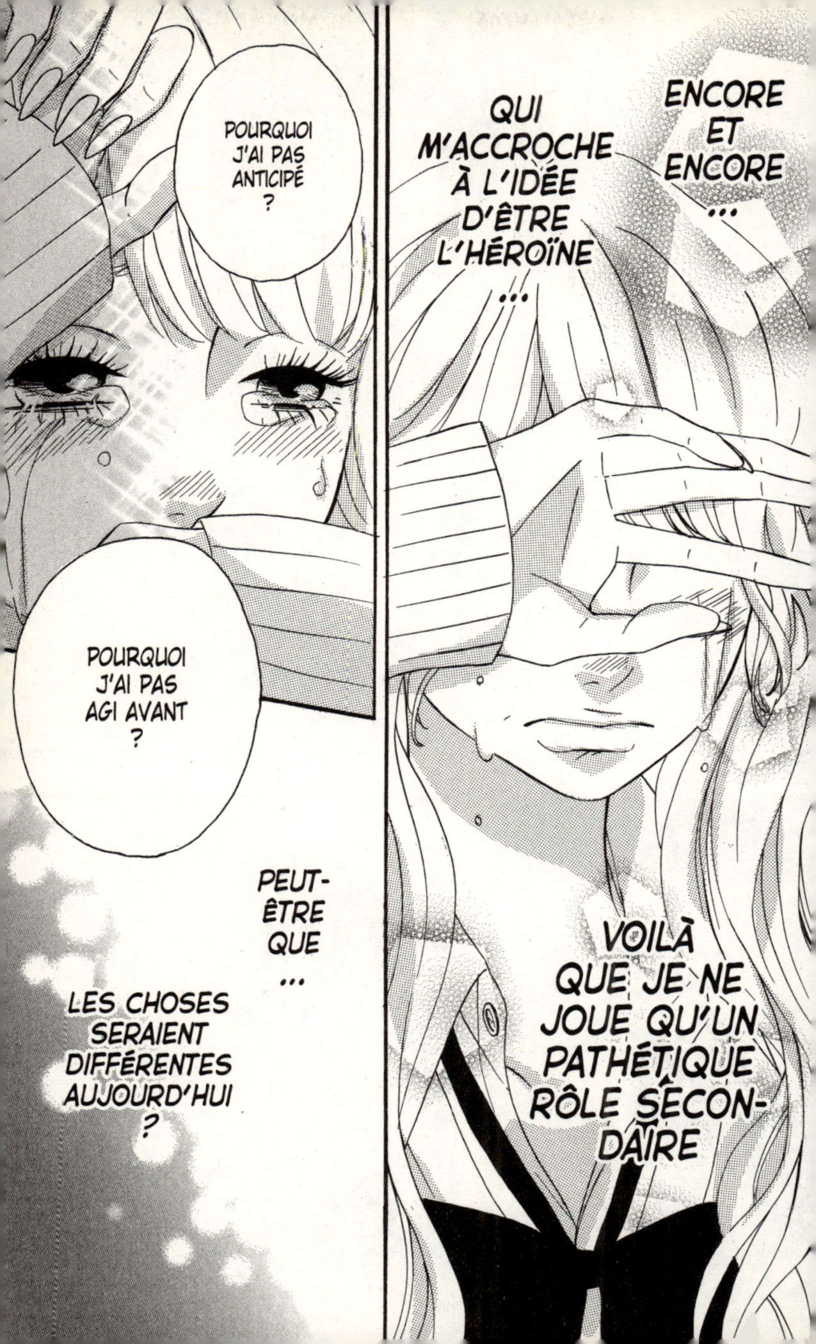
ENCORE ET ENCORE ...
QUI M'ACCROCHE À L'IDÉE D'ÊTRE L'HÉROÏNE ...
VOILÀ QUE JE NE JOUE QU'UN PATHÉTIQUE RÔLE SECON-DAIRE
POURQUOI J'AI PAS ANTICIPÉ ?
POURQUOI J'AI PAS AGI AVANT ?
PEUT-ÊTRE QUE ...
LES CHOSES SERAIENT DIFFÉRENTES AUJOURD'HUI ?

OU PEUT-ÊTRE ...
QUE TOUT SERAIT PAREIL ?
TAC
TAC
BEN ALORS, TERASAKA ?
TAC
POURQUOI TU T'ENTRAÎNES ICI ?
IL Y A TROP DE GENS À LA SALLE DE PING-PONG
HA HA HA !
ELLES SONT TOUTES VENUES POUR T'ADMIRER
hop
!

TERASAKA ?
IL S'EST PASSÉ QUELQUE CHOSE ...
AVEC MATSUZAKI ?
?!
ELLE T'A AVOUÉ SES SENTIMENTS, C'EST ÇA ?
ET SI T'AS L'AIR UN PEU TRISTOUNET, C'EST QUE ÇA S'EST PAS SUPER-BIEN PASSÉ ?
TU PEUX M'EN PARLER ... ON VA TROUVER UNE SOLUTION ENSEMBLE !
QUELLE PERSPICACITÉ ...
BAH ...
COMMENT DIRE ...

POUR ÊTRE HONNÊTE ...
QUAND ELLE A DIT VOULOIR UN COPAIN ...
JE VAIS ENFIN AVOIR UN MEC !
ÇA M'A PAS FAIT PLAISIR ...
C'EST PAS QUE JE SOIS AMOUREUX D'ELLE ...
MAIS J'AVAIS ENVIE DE LA GARDER POUR MOI ...
NE T'EN VA PAS !
JE ME SENTAIS FLATTÉ PAR SON AMOUR
C'EST SUPER-ÉGOÏSTE, JE SAIS ...

EN PLUS, JE L'AI FAIT ESPÉRER POUR RIEN ...
ET ÇA L'A BLESSÉE
ENFIN ...
L'ATTITUDE DU PARFAIT CONNARD, QUOI !
...
DONC ...
TU COMPTES L'IGNORER ...
POUR QU'ELLE NE SE FASSE PLUS DE FAUSSES IDÉES ?
...
MAIS C'EST PAS PLUTÔT POUR TE PROTÉGER TOI-MÊME, TOUT ÇA ?
?

SI J'ÉTAIS À SA PLACE ...
ET QUE JE NE POUVAIS MÊME PLUS TE PARLER ...
CE SERAIT LA PIRE CHOSE QUI POURRAIT M'ARRIVER
JE N'AURAIS JAMAIS PU IMAGINER ÇA ...
MAIS RITA ...
VA COMPLÈTEMENT DISPARAÎTRE DE MA VIE.

MON PIRE CAUCHEMAR DEVIENT RÉALITÉ !
MATSUZAKI ...
OUI ?
COMMENT ÇA SE FAIT QUE T'ARRIVES PAS ENCORE À FAIRE UN SERVICE ...
ALORS QU'ON JOUE DANS QUELQUES JOURS ?! HEIN ?!
Elle est où, ton attaque magique ?!
ZBAM
BSHH ...
ÉCOUTE-MOI BIEN ! SI ON PERD À CAUSE DE TOI ...
APRÈS LE MATCH, C'EST MILLE SERVICES QUE JE T'ENVOIE DANS LA TRONCHE !
Pré-pare-toi !
QUOI ?!
Mille fois... cette attaque-là ?!
NAKA-JIMAAA !!
Sauve-moi !
J'APPELLERAI UNE AMBULANCE !
J'ai hâte !
J'TE HAIS !!
OUI-I-I-Z
99
36

TERASAKA !
JE VOUS DIS À TOUT À L'HEURE ?
Ghi hi
OUI ...
QU'EST-CE QU'ELLE FOUT ?
ON FERA VITE !
MAIS J'AI VRAIMENT BESOIN QUE TU ME FILES UN COUP DE MAIN
...
CLASSE 5 DE 3e ANNÉE CONTRE CLASSE 4 DE 1re ANNÉE
COMMENCEZ !
BIIIP
AAAAH
BONNE CHANCE, HATORI ☆
POURQUOI C'EST MOI QUI COMMENCE ?!
AAAAH
BON COURAGE !
SI TU LE RATES, J'TE TUE !
ALLEZ !!
AAAAH

BON ...
RES-PIRE
O.K. ...
MILLE SERVICES OU PAS, PEU IM-PORTE ...
CE QUI EST SÛR ...
C'EST QUE TOUT ...
ABSO-LUMENT TOUT ...
SERA SANS RITA !

HATORI !
Tiens ?
?!

AAAAH
AAAAH
...
BON COURAGE
LE BALLON ...
NE QUITTE PAS LE BALLON DES YEUX !
...
O.K. ...
JE RÊVE ?

AAH
RITA EST LÀ !
AAAAH
LE BALLON ...
FAUT PAS QUE JE LE QUITTE DES YEUX !
O.K. !
JE SENS QUE ...
BOM
JE VAIS Y ARRIVER !
ÇA ALORS !
KYAAAA
TU AS MARQUÉ !
AAAAH
VOILÀ ...
AAAAH

J'AI RÉUSSI PARCE QUE ...
AAAAH
VAS-Y !!
REFAIS-NOUS LE MÊME, HATORI !
OUI !
LE BALLON ...
JE LE QUITTE PAS DES YEUX
BOM
BIIIP
KYAAA ! T'ES TROP FORTE, HATORI !
T'AS ENCORE MARQUÉ !
RITA EST LÀ !
Allez, recommence !
C'EST INCROYABLE !

RITA ...
RIEN QUE SA PRÉSENCE ...
LE BALLON ...
JE QUITTE PAS LE BALLON DES YEUX !
ME REND INVINCIBLE !

SIMPLETTE
...
ENVIEUSE
...
JALOUSE
...
JE SUIS IDIOTE
...

... MAIS MALGRÉ ...
TOUS MES DÉFAUTS ...
ET TOUTES MES FAIBLESSES ...
RITA !
JE L'AIME !

DÉSOLÉE, RITA ...
JE SAIS TRÈS BIEN QUE ...
J'ARRÊTE PAS DE T'EMBÊTER
?

JE SAIS QUE J'AI AU-CUNE CHANCE AVEC TOI ...
CE QUE JE VAIS TE DIRE ...
EST TRÈS ÉGOÏSTE ...
J'EN SUIS DÉSOLÉE, MAIS ...
JE T'AIME VRAIMENT !

ET JE TE DEMANDE, AU MOINS EN TANT QU'AMIE D'ENFANCE ...
DE BIEN VOULOIR ME GARDER PRÈS DE TOI !
TERA-SAKA !
C'EST BIENTÔT À NOUS !
Vite- !
SHH
...

TAC
IDIOTE !
ÇA VA JUSTE TE FAIRE PERDRE TON TEMPS ...
MAIS J'Y SERAI POUR RIEN, MOI !

JE SAIS CE QUE J'AI À FAIRE !
TU FERAIS MIEUX DE PASSER TON TEMPS À TE TROUVER UN MEC ...
PARCE QUE J'AI PAS ENVIE QUE TU ME FASSES DES REPROCHES QUAND TU SERAS VIEILLE FILLE !
O.K. ?
T'IRAS À LA MAISON DE RETRAITE TOUTE SEULE
Sans personne
IL FAUT QUE JE GARDE EN TÊTE ...
QU'IL N'Y A PAS DE MIRACLE.
TANT PIS !
JE DOIS AVAN-CER DANS MA PRO-PRE HIS-TOIRE !

…
ENFIN BON, FAIS CE QUE TU VEUX !
MÊME SI DANS MON HISTOIRE D'AMOUR…
IL MANQUE ENCORE LE HÉROS…
OUI !
C'EST MOI, ET MOI SEULE, QUI SUIS L'HÉROÏNE !
À SUIVRE…

J'ai pas envie que tu me fasses des reproches quand tu seras vieille fille
O.K. ?
T'iras à la maison de retraite toute seule
Sans personne
Rita ...
Je ne te l'ai pas dit, mais ... Je t'aimerai même quand je serai vieille !
Je dois avancer dans ma propre histoire !
Mon petit vaniteux ♡

REBONJOUR, TOUT LE MONDE !
AUJOURD'HUI, JE VAIS VOUS RACONTER DES HISTOIRES À LA NO LONGER HEROINE !
MOI, KÔDA, MALGRÉ CE QUE VOUS IMAGINEZ ...
JE SUIS MÉDAILLÉE DE BRONZE DE MARATHON !
Médaille
BON, O.K. ... ON ÉTAIT TROIS À PARTICIPER
(DONC ... J'ÉTAIS DERNIÈRE)
LES DEUX AUTRES ÉTAIENT DES ÉCOLIÈRES
(QUI M'ONT MIS LA PÂTÉE)
...
J'avais 21 ans...

MOI, KÔDA, MALGRÉ CE QUE VOUS IMAGINEZ ...
J'AI COMMENCÉ LE PIANO À 3 ANS ET J'AI ARRÊTÉ À 20 !
HA HA HA HA, ARRÊTEZ !
ÇA NE FAIT QUE COMMENCER !
ET LORS DE MA PREMIÈRE AUDITION ... J'ÉTAIS TELLEMENT STRESSÉE QUE J'AI EU UN TROU NOIR !
JE NE SAVAIS MÊME PLUS PAR QUELLE NOTE JE DEVAIS COMMENCER !
(coulisses)
MAIS, LÀ J'AI EU UNE IDÉE GÉNIALE ...
JE ME SUIS DIT : "JE JOUE DU PIANO DEPUIS DIX-SEPT ANS ...
MES MAINS DOIVENT POUVOIR BOUGER TOUTES SEULES !"

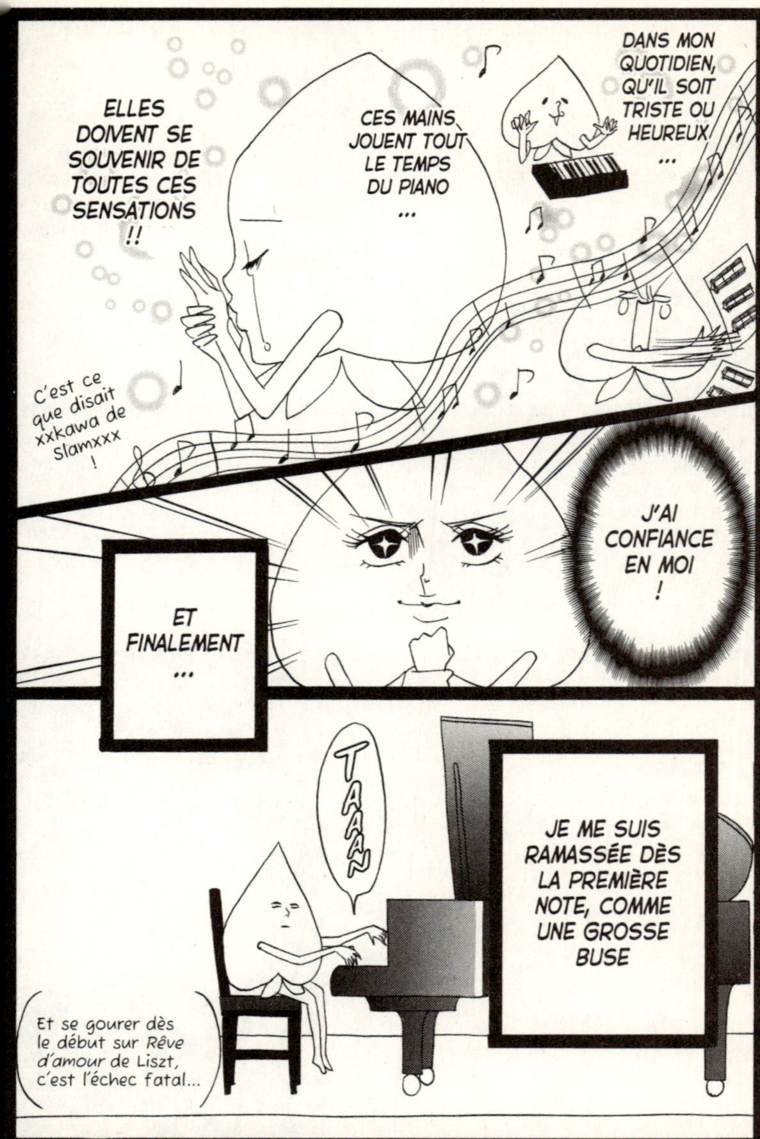
DANS MON QUOTIDIEN, QU'IL SOIT TRISTE OU HEUREUX ...
CES MAINS JOUENT TOUT LE TEMPS DU PIANO ...
ELLES DOIVENT SE SOUVENIR DE TOUTES CES SENSATIONS !!
C'est ce que disait xxkawa de Slamxxx !
J'AI CONFIANCE EN MOI !
ET FINALEMENT ...
JE ME SUIS RAMASSÉE DÈS LA PREMIÈRE NOTE, COMME UNE GROSSE BUSE
TAAAN
Et se gourer dès le début sur *Rêve d'amour* de Liszt, c'est l'échec fatal...

J'ATTENDS VOS COMMENTAIRES ET MESSAGES D'AMOUR ♡

AKATA
13, LES BOSNAGES
87290 RANCON

VENEZ ME VOIR SUR MON BLOG ET TWITTER ♡

BLOG :
http://ameblo.jp/momokokouda/

TWITTER :
http//twitter.com/momokokouda

REMERCIEMENTS SPÉCIAUX

MA CHÈRE RESPONSABLE ÉDITORIALE
MA CHÈRE MODÉLISTE
SATOMI SERA
HARUKA IKEDA
YURIKA AN
YUNIKO HONDA
RUNCHI KOYAMA
JUN MAYUZUKI

JE VOUS REMERCIE DE TOUT MON CŒUR

AKATA

CHEZ LE MÊME ÉDITEUR

DELCOURT

LILY LA MENTEUSE

Hinata, 15 ans, reçoit sa première déclaration d'amour. Ravie d'avoir enfin un petit ami, elle déchante quand elle découvre que celui-ci a une fâcheuse tendance à… se travestir en fille ! Pire : le résultat est très réussi, au point de déclencher un succès fou auprès des garçons. Hinata saura-t-elle gérer l'envahissante popularité de son amoureux ? Surtout, comment pourra-t-elle filer le parfait amour ? Plus qu'une simple comédie romantique, Lily la menteuse est une véritable sitcom comique dont les personnages attachants ont l'humour communicatif. Les aventures et déboires de la pauvre Hinata n'ont pas fini de vous faire rire !

***Lily la menteuse* de Ayumi Komura**
Série en cours ; 224 pages n&b.

ILS NE SE CONNAISSENT PAS…
POURTANT LEUR AMOUR EST SCELLÉ POUR LA VIE.
PUZZLE
RYÔ IKUEMI
KIYOKU YAWAKU © 2004 by Ryo Ikuemi / SHUEISHA Inc. Couvertures non définitives.
AKATA
DELCOURT
RECOMPOSEZ LE PUZZLE…
TOME 13 DISPONIBLE EN LIBRAIRIE

PUZZLE

Imaginez une jeune fille se sentant coupable de la mort d'un de ses amis, et un garçon qui n'arrive pas à oublier ce terrible accident survenu quand il n'était qu'un enfant. Ils ne se connaissent pas encore, mais pourtant... À travers le regard de leur entourage, et à différentes époques de leurs vies, découvrez dans ce *shôjo* manga construit comme un véritable puzzle, les destins entremêlés de ces jeunes en quête d'identité.

***Puzzle* de Ryô Ikuemi**
Série complète en 13 volumes ; 192 pages n&b.

STYLÉE ou DÉBRAILLÉE ?
Êtes-vous une
SWITCH GIRL!!
NATSUMI AIDA
NEKO
OFF
ON
SWITCH GIRL!!
19
SWITCH GIRL!! © 2006 by Natsumi Aida / SHUEISHA Inc.
19 volumes
déjà disponibles
en librairie.
DELCOURT
WWW.EDITIONS-DELCOURT.FR
AKATA
akata.fr

SWITCH GIRL !!

La vie n'est pas facile pour Nika... Comment être une lycéenne charismatique et adulée, quand on a plutôt tendance à se sentir à l'aise en jogging et culotte élimée et qu'on laisse ses poils pousser là où ils veulent ?! Simple : mener une double vie, alterner le mode « *on* » super cool en public et le mode « *off* » du laisser-aller en privé. Malheureusement, Arata, un nouvel élève, a découvert sa face cachée ! Mais lui aussi a ses petits secrets, comme le fait qu'il est très mignon sous son look d'intello coincé. Attention ! *Switch Girl !!* répond aux questions de femmes avec un humour ravageur : fous rires garantis !

***Switch Girl !!* de Natsumi Aida**
Série en cours ; 192 à 224 pages n&b.

AYUMI KOMURA
J'♥ les sushis
Cœur à prendre...
avec des baguettes !
Dernier volume à dévorer
dès maintenant en librairie
AKATA
DELCOURT
MIX VEGETABLE © 2005 by Ayumi Komura / SHUEISHA Inc.
WWW.EDITIONS-DELCOURT.FR

First published in Japan in 2010 by SHUEISHA Inc., Tokyo.
French translation rights in France, French-speaking Belgium, Luxembourg, Switzerland and Canada arranged by SHUEISHA Inc through VIZ Media Europe, SARL, France.

Supervision éditoriale : Akata

Dépôt légal : mars 2013. I.S.B.N. : 978-2-7560-3505-5
Première édition

Traduction : Yuko K.
Adaptation : Noémie Alazard
Adaptation graphique : Erwan Charlès & Myriam Lescop
Conception graphique : Trait pour Trait

Imprimé et relié en février 2013
Par CPI Aubin imprimeur, à Ligugé

www.akata.fr
www.editions-delcourt.fr